Hans Arnold, Arnold Werner Spanhoofd

Fritz auf Ferien

Hans Arnold, Arnold Werner Spanhoofd

Fritz auf Ferien

ISBN/EAN: 9783743694934

Hergestellt in Europa, USA, Kanada, Australien, Japan

Cover: Foto ©Andreas Hilbeck / pixelio.de

Weitere Bücher finden Sie auf **www.hansebooks.com**

Fritz auf Ferien

von

Hans Arnold

*EDITED WITH INTRODUCTION, NOTES AND
VOCABULARY*

BY

A. W. SPANHOOFD

DIRECTOR OF GERMAN IN THE HIGH SCHOOLS OF WASHINGTON, D. C.

TORONTO
THE COPP, CLARK CO., LIMITED

COPYRIGHT, 1896,
BY A. W. SPANHOOFD.

PREFACE.

"FRITZ AUF FERIEN" needs no introduction. We will simply leave it to the teacher to judge for himself, whether this charming sketch of boyhood, characteristically German, is worthy of a place in the class-room.

The name of the author, Babette von Bülow (Hans Arnold), figures prominently in German magazines; and many a volume of her short stories has been received with unstinted praise and admiration by both the critic and the general reader.

"Fritz auf Ferien" will not only stimulate curiosity, but will help teach colloquial German, a feature of the language so frequently overlooked in the class-room. We feel, therefore, we are supplying a real want. The teacher need not be told of the importance of the study of colloquial German, since it is colloquial German, students must use and understand when coming in contact with Germans.

The story is simple and graceful in form, and fairly bubbles over with wholesome and delightful humor. Through the exquisite style of the text, through its truly German spirit, and especially through its thorough modern character, "Fritz auf Ferien" will, we trust, have some influence on the ever-growing study of the German tongue in our schools and colleges.

A. W. S.

Fritz auf Ferien[1].

Keine Liebesgeschichte von Hans Arnold.

„Wann kann er denn[2] wieder in die Schule?"

Diese Frage stellte die Justizrätin[3] Schröder an ihren alten Hausarzt[4] und die Spannung auf ihren Zügen wurde nur übertroffen von der auf dem pfiffigen Gesicht des Jungen, den Doktor Tormann zwischen seine Kniee gestellt und ausgefragt[5] hatte.

Fritz war Masern-Rekonvaleszent[6] und prunkte noch mit einer gewissen interessanten Blässe, während er sonst, nach Versicherung der Mutter, schon wieder „beruhigend ungezogen" war.

Jetzt sah er mit seinem Schelmenblick unverwandt in das Gesicht des alten Herrn, und wenn je Augen gefleht haben, so flehten diese: „nicht in die Schule!"

Der Doktor hätte ein Stein sein müssen[7], um dieser stummen Bitte zu widerstehen und — er war kein Stein!

Er hob dem Jungen den Kopf[8] am Kinn in die Höhe[9]: „weißt du, was du bist?" sagte er dann, indem er mit größter Belustigung Fritz'[10] Mienenspiel beobachtete, in dem Furcht, Hoffnung und Zweifel in der lächerlichsten Weise durcheinander wogten[11], „weißt du, was du bist? Du bist ein Affe! und nun geh einmal[12] zu deinen Geschwistern — ich habe mit der Mama allein zu sprechen!"

Fritz nickte erfreut mit seinem mauskahl geschorenen[1] Haupt, eine Haartracht, welche ihren Ursprung von einer übeln Angewohnheit des Klassenlehrers[2] her[3] datierte, seine Schüler an den Haaren zu ziehen. Daher ließ die Quinta[4] auf Verab-
5 redung sich bis auf die Haut scheren „mit der Maschine," um dem Ordinarius[5] jedes Material zur Ausübung dieser schönen Fertigkeit zu entziehen[6].

Als die Thür sich hinter dem Jungen geschlossen hatte, wiederholte die Hausfrau ihre Frage: „wann darf er wieder in
10 die Schule?"

Der Doktor lächelte vor sich hin[7].

„Sie möchten ihn wohl[8] wieder etwas von der Seele[9] haben, nicht wahr, Frau Justizrätin[10]?"

Die Mutter nickte schwermütig.

15 „Ja, ich kann Ihnen aber nicht helfen, beste Freundin," fuhr der alte Herr etwas ernsthafter fort, „ich rate aufs aller Entschiedenste dazu, den Jungen noch eine ganze Weile — mindestens vier Wochen — grasen zu lassen[11], wie der Kunstausdruck sagt. Er ist blaß und schlapp[12] und braucht eine
20 andre Luft, wie die, welche unsere gesegneten Bildungsanstalten — Gott sei's geklagt[13]! — täglich sechs Stunden in die Lungen der heranwachsenden Generation einpumpen. Also[14] lassen Sie den[15] Fritz mindestens noch vier Wochen aus der Schule!"

„Bravo[16]!" sagte der eben eintretende Vater[17], der die letzten
25 Worte vernommen hatte, „das war einmal[18] ein Wort nach meinem Herzen! Ich begreife dich gar nicht, Anna," wandte er sich zu seiner Frau, „wie du so unbarmherzig sein kannst,

dem Bengel¹ die schöne Gelegenheit zu mißgönnen, wo er mal² sein junges Leben genießen kann, ohne von den Erynnien³ schlecht gelernter Vokabeln, verklexter⁴ Exerzitien, vergessener Löschblätter, und wie das Teufelszeug heißen mag⁵, verfolgt und gehetzt zu werden. Bei unsern heutigen Schuleinrichtungen muß ja⁶ der sanfteste Vater zum Tiger werden — nicht wahr, Doktor⁷? Ich bin überzeugt, man wird später genau so über diese Frage denken und sprechen, wie wir heutzutage von den Hexenprozessen reden!"

Der Doktor nickte einverstanden.

„Ja, aber was mache⁸ ich mit dem Fritz," seufzte die Mutter, „wie soll ich den Jungen vier Wochen lang zu Hause beschäftigen, wenn er nicht mal⁹ kalt baden darf?"

Das tägliche Flußbad hatte sich sonst in den Sommerferien immer als ein in jeder Beziehung segensreiches Intermezzo¹⁰ in der Tageseinteilung erwiesen. Fritz verstand es nämlich¹¹, im Verein mit gleichgestimmten Seelen, dies Pläsier¹² bis in die Unendlichkeit auszudehnen, und betrieb den Hauptsport¹³, etwa sechsunddreißigmal aus dem Wasser zu kriechen, sich in der Sonne trocken zu wälzen und wieder hinein zu springen, grundsätzlich so lange bis er „blau" war, eine Nüance¹⁴, die von sämtlichen Jungen angestrebt und mit einem gewissen Stolz gezeigt wurde, wobei der als Sieger gefeiert wurde, der sogar blaue Nägel aufzuweisen hatte.

„Was machen wir also mit dem Jungen?" fragte die Justizrätin noch einmal.

„Wir schicken ihn aufs Land," entschied der Doktor, „und zwar[1] zu meinem Bruder, der mag ihn hüten!"

Der Justizrat legte seinem Freund beide Hände auf die Schultern und sah ihm prüfend in die Augen.

„Lieber Doktor, was hat Ihnen denn[2] Ihr armer Bruder gethan? In dessen stille, nach der Uhr geregelte, saubere Junggesellenwirtschaft[3] wollen Sie meinen Bengel[4] loslassen? Wissen Sie, was Sie thun?"

„Lassen Sie mich nur machen[5]," sagte der Doktor verstockt, „ich sage Ihnen, ich handle vom ärztlichen Standpunkt aus! Gerade so ein frischer, fideler[6], ich gebe zu, unartiger Junge, wie Ihr Fritz, ist die beste Medizin für solch etwas eingerostete alte Knorren[7], wie mein guter Wilhelm, und außerdem, was kann er denn[8] thun? Er läuft im Garten herum."

„Über den Rasen!" ergänzte der Justizrat ernsthaft.

Der Doktor sah verlegen aus: „er wird doch nicht[9]?"

Der Hausherr lachte.

„Es sollen schon derartige Fälle vorgekommen sein[10], Doktor, und dann stellen Sie sich Ihren Bruder dabei[11] vor!"

Der Doktor stand nachsinnend.

„Einerlei," sagte er dann, „ich bleibe bei meinen Gedanken! Wenn Sie nichts dawider haben, melde[12] ich den Jungen heut' an, und bringe ihn selbst hin. Es ist ja[13] nur zwei Stunden weit, und macht sich die Sache nicht[14], so ist der Fritz schnell wieder abgeholt. Und nun muß ich fort!"

„Ich auch!" sagte der Vater und griff nach seinem Hut, „nun[15], Doktor, wir sind Ihnen aufrichtig dankbar, aber ich übernehme keine Verantwortung, ich fürchte, die Spezies Quintaner¹ ist Ihnen aus dem Gedächtnis gekommen!"

Die beiden Herren gingen zusammen davon, und die Mutter begab sich mit etwas verzagtem Herzen in das Kinderzimmer. Jetzt, wo sie ihren Fritz auf ein paar Wochen hergeben sollte, schnürte es ihr das Herz zusammen², wie Mütter nun einmal sind³! Aber das Gefühl der Erleichterung überwog doch⁴. Die arme Frau hatte in den Wochen Unsagbares unter dem unbeschäftigten Fritz gelitten. Mit wahrem Schauder dachte sie an die Zeit zurück!

Der stille und artige Sport des Perlenfädelns hatte zwei Tage gewährt, die wie friedliche Glückseligkeitsinseln⁵ hinter ihr lagen. Fritz und Walter, das siebenjährige, ebenfalls masernkranke Brüderchen, hatten als verträgliche Engel neben einander in ihren Bettchen gesessen und Ringe und Ketten gefädelt. Alles ging gut und schön, bis unter der Unzahl⁶ von Perlen sich eine einzige, dunkelrote, fand, die von beiden Geschwistern glühend geliebt, ein paar Tage als „der Husar"⁷ gemeinsam besessen und abwechselnd benutzt wurde.

Dann verkrümelte sich⁸ der „Husar" auf geheimnisvolle Weise, und nun war die Freude zu Ende! Jeder der beiden Besitzer beschuldigte den andern, die Preziose⁹ verloren zu haben, und die Krankenstube wurde der Schauplatz wilder Bruderkämpfe, bis der Vater diesem, die Genesung wenig fördernden Verfahren durch Beschlagnahme aller Perlen ein jähes Ende bereitete.

Idyllischer Natur war¹⁰ auch noch das Bauen auf dem

Fleischbrett[1], welches, seiner kulinarischen Bestimmung vorübergehend entzogen und über beide Betten gelegt, als Untergrund für Städte und Burgen benutzt wurde. Da aber die Bauwerke ein gänzliches Stillsitzen der Architekten für ihre
5 Dauerhaftigkeit voraussetzten, so nahm auch diese Beschäftigung bald ein Ende, und die Aufregung des ersten Aufstehens verschlang den Kummer darüber[2].

Nun kam der Papierkorb an die Reihe, Briefmarken- und Siegelsammlungen entstanden, und die Mutter mußte, um letz-
10 tere möglichst schnell zu vervollständigen, einen ganzen geschlagenen Tag hindurch[3] ihr Petschaft und schließlich sogar ihren Fingerhut in Siegellack abdrücken, da es den beiden Sammlern vorläufig mehr auf Quantität, als auf Qualität ankam.

Das[4] waren, wie gesagt, die guten Tage gewesen! Nun
15 aber kam die kaiserlose, die schreckliche Zeit[5], wo jede Autorität noch suspendiert war, und die neu erwachsenden Kräfte sich durch lärmende Spiele zu bethätigen wünschten, während doch „Rasen"[6] in jeder Form noch streng untersagt war.

Dieser nun schon drei Wochen währende Zeitabschnitt hinter-
20 ließ den Totaleindruck, daß die Unterhaltung den ganzen Tag ausschließlich in „aber Walter — aber Fritz!" bestanden hatte, wobei noch der erschwerende Umstand dazu kam, daß das kleinste Kind der Familie nun nicht mehr abgesperrt zu werden brauchte, und alle Augenblicke von den Brüdern aus dem
25 Schlaf gestört wurde, eine Roheit, über die das Kleine seine entschiedene Mißbilligung durch Zetergeschrei mit kurzen Pausen zu hören gab[7].

Fritz auf Ferien.

Gestern hatten die Leiden der Hausfrau ihren Gipfelpunkt erreicht! Fritz war nämlich auf den glücklichen Gedanken gekommen, die Gummi=Genickrolle¹, in der die Luft durch einen Hahn² eingesperrt und herausgelassen wurde, ohne Aufhören mit Aufbietung aller Lungenkraft aufzublasen und mit heulendem Geräusch wieder zusammenfallen zu lassen, ein Spiel, welches wühlenden Neid³ in Walters Brust erweckte, und da der Haushalt nur im Besitz einer Gummirolle sich befand, die bittersten Gefühle hervorrief.

Die Sache gipfelte in einer entsetzlichen Prügelei⁴, in deren Verlauf beide Brüder sich derartig in das streitige Wertobjekt verkrallten⁵, daß sie damit unter das Bett rollten und buchstäblich losgerissen werden mußten, wobei die Gummirolle, ihres Daseins unter diesen Umständen begreiflicherweise überdrüssig, mit einem letzten Quiek⁶ entzwei ging. Mit ihr⁶ sah sich die Mutter aber jedes Hilfsmittels der Kultur beraubt, ihre Söhne zu unterhalten, und deshalb hätte sie Fritz so gern⁷ der Schule zurückgegeben, da dann alles, was von Spielzeug da war, wenigstens von Walter benutzt wurde und somit nicht zu endlosem: „das gehört mir — nein, das gehörte schon immer mir⁸!" Anlaß geben konnte. Mit den gemischten Empfindungen, welche jeder über Erwarten schnell erfüllte Wunsch in der Menschenbrust hervorruft, betrat die Mutter das Kinderzimmer. Beide Jungen saßen ziemlich artig am Tisch, ein die Mutter seiner Seltenheit wegen fast unheimlich berührender Zustand, und porträtierten sich⁹ gegenseitig mit einer Glückseligkeit, deren Gipfelpunkt darin bestand, daß jeder

dem andern eine möglichst entsetzliche Gestalt zu geben
trachtete.

Nachdem die Mutter mit lärmendem „sieh mal — nein, sieh
mal meins!" zum Enthusiasmus gezwungen war und die üb-
5 lichen Urteile, bei denen es in der Kinderstube hauptsächlich
darauf ankommt, beide Künstler ganz gleich zu bewundern, ab-
gegeben hatte, teilte sie Fritz mit, daß er demnächst zu Herrn
Amtsrat¹ Wilhelm Tormann nach Weißfelde² reisen und
einige Wochen dort bleiben sollte.

10 Fritz nahm diese Mitteilung mit der eines Quintaners
würdigen Kaltblütigkeit auf und sagte nur: „So?"

Die Mutter war erfreut, daß der Kummer über die Trennung anscheinend den Reiz des neuen Erlebnisses überwog,
und fragte gerührt: „Wird dir denn auch nicht bange sein³,
15 mein Junge?" worauf Fritz mit vernichtender Seelenruhe erwiderte: „ach, wo⁴ wird mir denn bange sein! Ich gehe in
die Ställe und reite mit⁵ aufs Feld. Ziegen sind auch da —
der Doktor hat's gesagt!"

Da sonach Fritz in den erwähnten Haustieren vollen Ersatz
20 für das Familienleben zu erhoffen schien, sah sich die etwas ab-
gekühlte Mutter ihres Amtes als Trösterin in unerwarteter
Weise enthoben und rüstete eilig den Wanderstaat⁶ des jungen
Reisenden, ihn zwischen jedem Stück, das sie auf seine Brauchbarkeit prüfte, beschwörend, sich vor nassen Füßen zu hüten, eine
25 „weibische"⁷ Anschauung, die Fritz mit diabolischem Grinsen
beantwortete und sich zu nichts verpflichten wollte.

* * *

Onkel Wilhelm hatte sich wirklich bereit erklärt, den „beschäftigungslosen" Fritz auf einige Wochen in sein Haus zu nehmen. Durch welche diplomatischen Schachzüge der Doktor das Jawort erlangt hatte, darüber schwieg er allerdings, aber die Thatsache stand fest! Fritz reiste, und der Doktor fand sich pünktlich ein, um seinen Schützling persönlich abzuliefern.

Wir müssen leider bekennen, daß Fritz bei dieser ersten Trennung vom Elternhaus eine betrübende Gleichgültigkeit an den Tag legte¹ und sogar so herzlos war, den Moment des Abschieds durch die Frage zu unterbrechen, „geht's noch nicht bald los²?"

Die Mutter zerfloß in Thränen, als sie ihren Ältesten wie ein kleines Raubtier im Käfig des Eisenbahnkoupees³ erblickte, und winkte immer wieder⁴ mit dem Taschentuch, während Fritz mit brennendem Interesse die mitgenommenen Vorräte musterte und sich zu keinerlei Rührung verstehen⁵ wollte. Im Augenblick, als die Lokomotive mit ihrem schrillen Pfiff das Zeichen zur Abfahrt gab, rief er tröstend zum Fenster hinaus: „Ihr könnt mich ja mal besuchen⁶!" und damit sauste der Zug davon.

Der Doktor und Fritz lebten auf der kurzen Reise äußerst glücklich miteinander. Fritz wurde natürlich nach einer Fahrt von fünf Minuten von nagendem Hunger befallen und schmauste still erfreut von dem Eßvorrat, den die sorgende Mutter in Quantitäten eingepackt hatte, als ginge⁷ die Reise mindestens bis ans Ende der Welt.

Als im Essen das Möglichste geleistet und eine verderbliche Neigung des jungen Reisenden, ins Wagennetz⁸ zu klettern oder

zu probieren, ob es wirklich wahr sei, daß der Zug hält, wenn man die Notleine[1] zieht, mit milder Strenge bekämpft worden war, arrangierte der Doktor seinem Pflegebefohlenen ein improvisiertes Kopfkissen aus einer Plaidrolle[2], und Fritz, von der Aufre-
5 gung der ungewohnten Erlebnisse ermüdet, schlief sofort fest ein.

Der Doktor, der ihm gegenüber saß und ihm wohlwollend zusah, machte im stillen die schon oft angestellte Betrachtung[3], wie sich die wildesten, unartigsten Jungensgesichter[4] im Augenblick des Schlafs in wahre Engelsköpfchen verwandeln,
10 denen niemand einen dummen Streich zutrauen würde.

In dieser friedlichen Verfassung langte das Paar in Seeberg, der kleinen Eisenbahnstation, an. Fritz wurde mit einiger Mühe erweckt und trabte schlaftrunken neben dem Doktor her. Hinter dem Stationsgebäude hielt der Wagen des
15 Amtsrats, und der Kutscher, Gottlieb, winkte unsern Reisenden, sich ihm anzuvertrauen.

Gottlieb war ein ziemlich bejahrter, wenn auch noch kein alter Mann, mit einem dicken, roten, unendlich gutmütigen Gesicht, von dem allerdings wenig <u>zu sehen war</u>, da ihm die
20 Haare bis tief in die Stirn und der Bart bis fast an die Augen gewachsen war — ein Umstand, der den Schreiber des Amtsrats zu der Bemerkung veranlaßt hatte: „Wer den Gottlieb noch sehen will, beeile sich, er wächst zu[5]!"

Ein Blick auf Fritz und die Frage: „Na[6], Kleener[7], du
25 willst wohl auf den Bock?" kennzeichneten Gottlieb als tiefen Menschenkenner und wohlwollenden Charakter, und Fritz erklomm hochbeglückt über das Vorderrad den hohen Sitz, wäh-

rend der Doktor statt seines Gefährten gutmütig dessen kleinen
Koffer zu sich in den Wagen nahm, und so rollte das Gefährt von dannen[1].

Nach kurzer Fahrt die weiße, staubige Landstraße entlang
und durch das Dorf bog der Weg rechts ab, und zwischen zwei
Sandsteinpfeilern hindurch ging es langsam bergauf.

Das Haus des Amtsrats lag auf einer kleinen Anhöhe,
die zum Garten umgewandelt war, und der Wagen fuhr
zwischen schönen alten Linden und Eichen hindurch, dann um
einen großen Rasenplatz und hielt vor der Hausthür.

Auf einer Bank unter einem mächtigen Ahornbaum saß
der alte Amtsrat und erhob sich beim Nahen der Kutsche,
um seine Gäste zu begrüßen.

Er war viel älter als sein Bruder, wohl schon hoch in
den Sechzigen[2], aber noch ein sehr hübscher, stattlicher alter
Herr. Dem heißen Sommertag zu Ehren trug er einen
fleckenlos sauberen Leinenanzug, der mit dem dichten Haar
an Schneeweiße wetteiferte. Seine buschigen, ebenfalls ganz
weißen Augenbrauen hingen ziemlich tief in die Augen
herab, was dem Gesicht auf den ersten Blick etwas Fin-
steres geben konnte — aber wer erst einmal recht in die
darunter liegenden Augen gesehen hatte, der fürchtete sich
gewiß nicht mehr vor dem alten Amtsrat, und er hatte auch
keine Ursache dazu.

Der alte Herr stand mühsam auf und kam seinem Bruder
mit ausgestreckter Hand entgegen.

„Nun, Wilhelm," sagte der Doktor, ihm herzlich auf die

Schulter klopfend, „da bringe ich dir deinen kleinen Gast. Komm, Fritz!"

Fritz erschien in lieblicher Schüchternheit, ein ihm selbst ganz neues Gefühl, und verbeugte sich sehr verlegen.

5 Der alte Herr schien diese Empfindung zu teilen; er reichte dem Kleinen zwar freundlich die Hand, betrachtete ihn aber etwa mit der Miene, mit der ein Sammler das Exemplar einer Gattung ansehen würde, die ihm nie oder doch[1] schon sehr lange nicht mehr vor Augen gekommen ist.

10 Als in diesem Augenblick ein Stubenmädchen erschien, um Fritz' Gepäck mit Gottlieb gemeinsam vom Wagen herunter und ins Haus zu schaffen, sagte der alte Herr: „gehe mit Mine[2], mein Sohn, sie wird dir dein Zimmer zeigen."

Fritz folgte, seine Schülermütze[3] in der Hand drehend, 15 seiner Führerin, einer nicht mehr jungen, aber noch ganz zierlichen Person, die ihm durch einen hellen sonnigen Flur[4] bis an eine blendend weiß gescheuerte Holztreppe voranging, ohne zu sprechen. Dort blieb sie stehen und sah ihn an.

„Nun?" sagte sie.

20 Fritz blieb auch stehen und antwortete nichts.

„Bürste dir mal hier die Stiefel ab," fuhr Mine in nicht allzu freundlichem Tone fort, „hier ist es nicht Mode, daß man allen Staub im Hause herumträgt!"

„Bei uns auch nicht!" erwiderte Fritz schlagfertig und wurde 25 vor Entrüstung über diese „Frechheit" glühend rot. Dann folgte er der zierlichen Mine hinauf — ihre gegenseitigen Gefühle waren entschieden!

Währenddessen saßen der Amtsrat und sein Bruder draußen in den letzten Strahlen der Sonne und sahen beide, ohne zu sprechen, in den Garten.

Endlich brach der Amtsrat das Schweigen. „Richard," sagte er gedrückt, „wie wird das mit dem Kleinen gehn!"

Er sah so verlegen und unglücklich aus, daß der Doktor lächelte.

„Sei unbesorgt," erwiderte er, „du wirst nicht viel von ihm merken: solch ein Junge macht sich schon Zeitvertreib[1]."

„Ja, ja," sagte der Amtsrat wieder hilflos, „aber ich weiß mit Kindern gar nichts anzufangen — und sieh mal!"

Er wies auf die Treppe.

„Was ist denn[2]?" fragte der Doktor arglos.

„Da hat er mir[3] den Läufer[4] verschoben," fuhr der alte Herr fort, „und hier" — er deutete auf den Boden — „sieh mal, hier hat er vorhin gleich mit dem Absatz ein Loch in den Kies gebohrt!"

Und der Amtsrat stand auf, nahm einen kleinen Rechen, der hinter seinem Stuhl an einem Haken hing, und begann sorgfältig die Spuren der Unthat zu verwischen.

Der Doktor lachte hell auf[5].

„Nun ja, Wilhelm, daß so was[6] mal[7] vorkommt, daran wirst du dich wohl gewöhnen müssen! Sag's ihm aber dreist, wenn er sich was zu Schulden kommen läßt — gieb ihm mal Eins an die Ohren[8], daran ist noch kein Quintaner zu Grunde gegangen: Und im Übrigen, denke einmal daran, wie oft unser guter Vater uns Jungen hat nachharken müssen — was, Wilhelm?"

Der Alte nickte halb gerührt und erhob sich.

„Ja, ja, Richard, aber wir waren seine Jungen — das ist der Unterschied! Nun wollen wir zum Abendessen gehen; willst bu den Jungen rufen?"

Der Doktor war auch aufgestanden und wollte ins Haus treten, aber er blieb noch einmal stehen und sah dem Bruder prüfend ins Gesicht.

„Nein, Wilhelm, sieh mir[1] nicht gar so[2] unglücklich aus," sagte er freundlich, „es kommt ja nur auf einen Versuch an[3]. Macht dir der Bengel zu viel Last, so schreib mir, und ich hole ihn in ein paar Tagen ab. Schröders sind vernünftige Leute, und — was mehr sagen will — sie kennen ihren Fritz!"

Und als der Doktor in der abendlichen Stille wieder im Wagen saß und nach der Eisenbahnstation zurückfuhr, lachte er ein paarmal laut auf.

„Das möchte ich doch wissen," sagte er vor sich hin[4], „wer sich im Augenblick mehr fürchtet — der Junge vor dem Alten oder der Alte vor dem Jungen!"

Der Amtsrat wachte am nächsten Morgen nur mit dem unbestimmten Gefühl auf, daß sich irgend etwas begeben habe — erst als er bereits seinen Morgenanzug vollendet hatte und sich nach dem Frühstückzimmer begab, fiel ihm sein kleiner Gast ein.

Für jemand, der viele Jahre lang so ganz einsam, so ganz

Fritz auf Ferien.

für sich gelebt hatte, wie der alte Herr, war der Gedanke
wirklich nicht ganz leicht, jetzt beständig ein kleines, fremdes
Element um sich her zu wissen. Alles ging im amtsrätlichen
Haus nach der Schnur[1], jeder der drei Dienstboten, der alte
Gottlieb, die flinke Mine und die dicke, gutmütige Köchin
Hanne[2], waren seit Jahren gewöhnt, sich an diesem Schnürchen
leiten zu lassen,

Mit dem Schlag sieben trat der Herr Amtsrat des Morgens
zu einer Thür seines Wohnzimmers herein, und mit
dem Schlag sieben erschien Gottlieb mit der Kaffeemaschine
in der entgegengesetzten Thür, dementsprechend[3] verlief der
ganze Tag, und ein Tag wie der andere.

Auch heut, als die große, gemütliche Wanduhr, welche den
breiten Wandpfeiler des Hausflurs schmückte, mit ihrer etwas
altersschwachen Stimme zum siebenten Schlag ausholte[4], überschritt der alte Herr in seinem weißen Schlafrock die Schwelle,
aber zum erstenmal seit unvordenklichen Zeiten war Gottlieb
nicht zur Stelle. Der Amtsrat runzelte die buschigen Augenbrauen.

„Hm, hm!" sagte er verdrießlich und verwundert, zog seine
eigne, große Repetieruhr und ließ sie schlagen, richtig, es war
sieben, jeder Irrtum war ausgeschlossen!

Volle fünf Minuten vergingen, da endlich kam Gottlieb
mit dem Kaffeegeschirr, vor Eile klirrten die beiden Tassen in
seinen Händen.

„Gottlieb!" sagte der alte Herr sehr ernsthaft, „weißt du,
wie spät es ist? Fünf Minuten nach sieben, Gottlieb!"

„Halten zu Gnaden[1], Herr Amtsrat," brachte Gottlieb etwas atemlos hervor, „der Kleine konnte mit seinen Stiefeln nicht allein zu stande kommen, da habe ich ihm schnell ein bißchen geholfen!"

„So, so," meinte der Amtsrat, nicht gerade beschwichtigt durch diesen Gegengrund, „und wo ist der Junge jetzt? Warum kommt er nicht zum Frühstück?"

Gottlieb grinste über das ganze Gesicht.

„Er ist in den Ställen, Herr Amtsrat, er sieht sich überall um, halten zu Gnaden, Herr Amtsrat, dem Kerl[2] muß man gut sein, der ist so alert, wie was[3], Herr Amtsrat werden Ihre Freude[4] haben[4]!"

Der alte Herr winkte ungeduldig mit der Hand.

„Du hast die Spirituslampe nicht angezündet, Gottlieb," sagte er gemessen.

Gottlieb holte sehr beschämt das Versäumte nach, und als er eben noch dabei war, öffnete sich[5] hastig die Thür, und Fritz stürzte mit strahlendem Gesicht herein. Alle Schüchternheit von gestern so weggeblasen, wie die blasse Farbe von seinen Backen, die vor Munterkeit und Vergnügen wie kleine rote Äpfel aussahen.

Er ging mit sehr eiligem „Guten Morgen" auf den alten Herrn zu.

„Ich habe sie gemolken, Herr Amtsrat, ich habe die große Kuh gemolken," sagte er glückselig, „sie hat mir zweimal mit dem Schwanz ins Auge geschlagen, hier, das ist ein reizendes Tier."

Gottlieb platzte hinter der vorgehaltenen[1] Hand heraus[2] und entfernte sich sehr erschrocken, als er den strengen Blick seines Herrn auf sich gerichtet fand.

„Nun setz' dich, mein Sohn, und frühstücke!" sagte der Amtsrat freundlich, aber ernst, und Fritz nahm etwas begossen[3] über die kühle Aufnahme seines Erlebnisses Platz.

Die beiden Hausgenossen tranken schweigend ihren Kaffee. Der Amtsrat war das nicht anders gewöhnt und vermißte keinerlei Unterhaltung, Fritz aber brannte darauf[4], seine Abenteuer zu erzählen und sich durch Fragen über seinen neuen Aufenthaltsort zu orientieren[5].

Endlich ertrug er's nicht länger.

„Wo sind denn die Ziegen?" fragte er halblaut.

„In dem kleinen Stall neben den Pferden," lautete die kurze, aber nicht unfreundliche Antwort. Der Amtsrat vertiefte sich in seine Zeitung.

„Kann man die auch melken?" fragte Fritz wieder, für den das Melken vorläufig den Inbegriff aller irdischen Freuden bildete.

Diesmal konnte der Amtsrat ein Lächeln nicht unterdrücken.

„Wenn man's versteht — ja!" sagte er.

„O, ich kann's," renommierte[6] er, „die Hanne hat gesagt, für das erste Mal hätte ich es sehr gut gemacht!"

„Nun, das ist ja recht schön!" meinte der alte Herr, „aber nun geh', mein Sohn, und vergnüge dich auf eigne Hand[7] Geh', mein Sohn!" wiederholte der Amtsrat, dem nach

seinem gewohnten Alleinsein verlangte, und zündete sich eine
Cigarre an.

Fritz' Augen fuhren blitzschnell im Zimmer umher, dann
lief er zum Schreibtisch, brachte einen kleinen Aschbecher, stellte
5 ihn, gleichsam verschämt, vor seinen Gastfreund und flitzte [1]
zur Thür hinaus.

Der alte Herr lachte ein wenig vor sich hin, nahm aber
dann, sichtlich erleichtert, seine Zeitung und genoß die ungestörte
Einsamkeit in vollen Zügen.

10 Von diesem ersten Morgen an ergriff der kleine Gast un=
merklich, aber sicher Besitz von der ganzen Häuslichkeit, der
Amtsrat mochte sich dagegen sträuben, soviel er wollte, er
konnte dem Jungen nicht entgehen, so wenig er dem warmen
Sommerwind draußen wehren konnte, durch alle Mauerritzen
15 und Thürspalten zu bringen.

Er sprach mit Fritz oft halbe Tage nicht, aber er bemerkte
ihn überall! Er hörte seine frische Kinderstimme durchs Haus
schallen, er sah ihn wie ein losgelassenes, junges Füllen durch
den Garten traben, und er mußte zu seinem halb unwilligen
20 Erstaunen bemerken, wie fast das ganze Haus nach und nach
der Botmäßigkeit des kleinen Kerls verfiel.

Mit zwei Ausnahmen, die eine war Mine und die andere
der Herr selbst.

Ihn störte der Junge vor der Hand [2] noch), er hatte gar
25 zu viel Unruhe in das Uhrwerk des stillen Junggesellenle=
bens gebracht, das sich so lange Jahre im gleichmäßigen Tik=
tak, Tik-tak abgespielt hatte.

Jetzt war bald dies, bald jenes nicht in Ordnung. Die Leute machten ihm nichts mehr so ganz nach Wunsch und auf die Minute wie früher, und immer bekam er auf seine Beschwerden die fatale Antwort: „ja, der Kleine wollte dies, und der Kleine wollte das!" Das verdroß den alten Herrn.

Als Fritz etwa acht Tage im Amtshaus war, saßen die beiden Mädchen abends pünktlich bei der Küchenlampe zusammen. Gottlieb fehlte noch, er erzählte Fritz in den Schlaf[1], anders that er es nicht[2]! Gottlieb konnte zu schön erzählen, und besonders bezaubernd war für Fritz die anschauliche Schilderung eines entsetzlichen Hagelwetters, das einmal Gottliebs Bauerngütchen verwüstet und ihn um all sein Hab' und Gut[3] gebracht hatte.

„Gottlieb, erzähle einmal, wie du verhagelt[4] bist!" bat Fritz fast allabendlich, und Gottlieb, dem der Schmerz dieses Erlebnisses schon als überwundener Standpunkt galt, erzählte mit furchtbarer Anschaulichkeit, das Grollen des Donners und das Prasseln des Hagels durch Trommeln auf der Bettkante[5] täuschend nachahmend. Das hielt ihn denn immer ein bißchen auf[6].

Aber jetzt schlief der Junge, und Gottlieb kam auch in die Küche und setzte sich zu den Mädchen.

Gottlieb war eine hochangesehene Persönlichkeit, und der Besitz seiner Hand wurde von Hanne und Mine gleichmäßig erstrebt, da er, wie der Volksmund sagt, „ein paar Thaler Geld" hatte, wie jener, dessen Braut gefragt wurde, ob ihr Auserwählter denn auch Vermögen besitze, und die vor-

fichtig erwiderte: „O ja, man munkelt¹ von fünf Tha-
lern!"

Gottliebs Herz ging vorläufig wie ein Perpendikel zwischen
Mine und Hanne her, Mine war jung und ansehnlich, Hanne
dagegen kochte gar so vorzüglich. In seiner augenblicklichen
Stellung profitierte Gottlieb natürlich in jeder Weise, da beide
Damen ihn mit Aufmerksamkeiten überschütteten, daher beeilte
er sich auch durchaus nicht, der Spannung über seinen endgül-
tigen Entschluß ein Ende zu machen.

Gottlieb kam also, wie gesagt, und setzte sich an den Tisch.
Er und Hanne waren für den kleinen Abgott des Hauses be-
schäftigt, Gottlieb schnitzte ihm ein Ballholz², Hanne strickte
eine Pferdeleine, während Mine selbstsüchtig Strümpfe für sich
anfertigte.

„Er schläft!" sagte Gottlieb behaglich.

„Na, er muß ja³ müde sein!" meinte Hanne wohlwollend,
„der Junge ist ja den ganzen Tag keine Minute still, das ist
ein Ding, wie eine Otter, so flink!"

„Ja, ja," bekräftigte Gottlieb, „und alles, was er anfängt,
das glückt ihm! Heute hat er mir die Lampen geputzt, — ich
sage euch, wie ein Alter!"

Hanne wiegte bewundernd den Kopf hin und her: „Ein
Mordsjunge⁴!" sagte sie stolz.

„Wißt ihr, was mich freut?" fing Mine an, die eine Weile
geschwiegen hatte, weil sie gerade „beim Abnehmen"⁵ war, ein
hochkritischer Moment in der Entwickelungsgeschichte des
Strumpfes, „wißt ihr, was mich freut? Daß der Herr Amts-

Fritz auf Ferien.

rat sich gar nicht um den Jungen kümmert! Der hat keinen
solchen Narren an ihm gefressen¹ wie ihr!"

„Weil er ihn nicht kennt!" sagte Gottlieb nachdrücklich, „laß
den Kleenen nur erst mal an ihn ran² kommen, da wird er
schon nicht anders können, der Kleene ist ja zu bethu=
lich³!"

„Ja, der Herr frägt oft den ganzen Tag nicht nach ihm,"
meinte Hanne nachdenklich, „so ein alter Junggeselle ist doch
was Eigenes, doch so zu sagen nur ein halber Mensch!"

Mine nickte einverstanden, und beide sahen vorwurfsvoll auf
Gottlieb.

„Denkt an mich!" fuhr Mine fort, „bald heißt's: ‚An=
spannen — einpacken⁴,' und der Herr Junge wird nach Hause
geschickt! Er hat ja gar keine Achtung vor nichts⁵! Gestern hat
er sich aus dem Herrn seiner Zeitung⁶ einen Papierhelm
gemacht!"

„Herr, du meines Lebens⁷!" rief Hanne und sank in ihren
Stuhl zurück, „was sagte denn der Herr?"

Er sagte bloß: „Fritz, so was darfst du nicht machen," er=
widerte Mine achselzuckend, „na, wenn ich das gewesen wäre,
mir hätt' er ja wohl den Kopf abgebissen. Aber leiden mag⁸
er ihn doch nicht!"

Die beiden andern nickten betrübt und fuhren fort zu ar=
beiten, bis es zehn schlug. Dann legte Hanne ihr Strickzeug
zusammen und stand auf.

„Gehn⁹ Sie nicht auch schlafen, Gottlieb?" fragte sie und
nahm ihr Licht vom Tisch.

„Nee[1], ich muß das hier noch fertig machen," sagte Gottlieb, „wenn er morgen sein Ballholz nicht hat, ist er ja unglücklich!"

Also der Herr Amtsrat mochte Fritz nicht leiden! Von dieser Mißstimmung merkten, wie gesagt, alle im Hause mehr oder weniger ihren Teil, nur einer nicht, das war Fritz! Der Junge genoß das Landleben, das ungebundene Herumstreifen und die allgemeine Liebe mit der ganzen Unbefangenheit der Kindheit, die die ganze Welt als ihr Eigentum betrachtet und demgemäß behandelt.

Jede Stunde brachte ihm neue Freuden! Das Melken hatte ihn zwar nur drei Tage zu fesseln vermocht, aber es gab immer etwas anderes! Heute wurde Kuchen gebacken, und er durfte helfen!

Da saß er, mit einer großen Küchenschürze am Herd, die irdene Schüssel zwischen den Knieen, den Kochlöffel mühsam mit beiden Armen regierend, und rührte im Schweiße seines Angesichts[2], während Gottlieb und Hanne vor Entzücken und Bewunderung die Hände über den Kopf zusammen schlugen, und sogar Mine kam herbei: „Er kann's, er macht's ganz ordentlich!"

Das Tablett mit dem zweiten Frühstück für den Herrn Amtsrat stand auf dem Tisch, die Uhr schlug zehn.

„Du meines Lebens[3]!" rief Gottlieb, zusammenfahrend, „habe ich[4] doch richtig wieder dem Herrn sein zweites Frühstück nicht gebracht!"

„Aber Gottlieb!" riefen die Mädchen gleichzeitig, und Gottlieb nahm das Tablett auf, und wandte sich nach der Thür. Aber er prallte erschrocken zurück, denn in der halb offenen Küchenthür lehnte der Herr Amtsrat, und sah mit unverkennbarem Wohlgefallen auf den rührenden Fritz.

Als er sich bemerkt sah, hustete er kurz und verlegen und sagte: „ich muß mir wohl mein Frühstück selber holen, wenn ich's haben will, Gottlieb!"

Damit machte er Kehrt[1] und ging die Treppe hinauf. Gottlieb folgte ihm, aber nicht, ohne vorher durch Winken und Plinken[2] seine Freude über das Geschehene auszudrücken. „Habt ihr's gesehen?" flüsterte er im Abgehen, und Hanne nickte glückstrahlend.

„Laß ihn, komm," sagte sie halblaut, und strich zärtlich über Fritz' dunklen Kopf.

Fritz hatte aber jetzt genug gerührt, er streckte die steifen Arme und band sich die Küchenschürze ab.

„Hanne, ich geh' in den Garten," sagte er und trabte davon.

„Dummheiten machen!" ergänzte Mine giftig.

Minens Haß gegen Fritz war nicht so ganz ungerechtfertigt. Fritz war wirklich manchmal ein unnützer Schlingel[3], und in seiner Sucht, alles zu entdecken und zu probieren, richtete er schreckliche Dinge an.

Gestern noch[4]! Schon lange reizte ihn mit allem Reiz des Verbotenen der Oberboden[5], zu dem man nur vermittelst einer angelegten Leiter gelangen konnte. Dort hatte Mine ihr

Reich und betrachtete jeden Eindringling als Tempelschänder.

Schon der Boden, der einfache Boden war für Fritz ein
Paradies! Zwei schräge Dachkammern, die eine mit Heu
bis oben angefüllt, und die andere, die allerlei verschiedenes
Gerümpel enthielt, boten einen herrlichen Aufenthalt. Da
stand eine alte, kleine Wiege, dieselbe, in der der Amtsrat sein
erstes Lebensjahr verträumt hatte! Diese Wiege war das geborene Schiff¹ und wurde bei allen Regentagen bis zur natür-
lichsten Seekrankheit benutzt. Da waren zerbrochene Stühle,
zerbogene Theekessel, alte Vogelbauer, kurz, die herrlichsten
Dinge! Aber erst² der Oberboden, wer auf diesen hätte gelangen dürfen³! Fritz' Sehnsucht danach steigerte sich <u>ins Un-
endliche</u>, und gestern, als er Mine im schönen Sonntagsputz
hatte ins Dorf <u>abwenden sehen</u>, holte er sich eilig einen ver-
bündeten Dorfjungen, „den Renner," und stellte ihn als Wache
auf dem Boden auf, während er selbst die Leiter erklomm und
das verbotene Terrain⁴ betrat.

Der Renner war darauf vereidet, zu krelschen, sowie er
Mine erblickt, wo⁵ dann beide Helden schleunigst Fersengeld
geben⁶ wollten.

Fritz' Erwartungen wurden von <u>der</u> Wirklichkeit nicht erfüllt!
Erstens hatte Mine ihre Schränke alle zugeschlossen, und sodann
befand sich augenscheinlich nichts Verlockendes in dem heißer-
sehnten Raum! Sich einen Hut mit Rosen, der auf dem
Tisch lag, aufzustülpen, und sich damit in einem kleinen, papier-
eingefaßten⁷ Spiegel Grimassen zu schneiden⁸, war auch kein

so großes Vergnügen, da fiel Fritz' Blick auf ein Spinnrad, welches in der Ecke stand.

Hocherfreut stürzt sich der Verbrecher auf dieses Werkzeug und begann, den Hut noch immer auf dem Kopf, selig zu spinnen, wobei das schnurrende Geräusch des Rades seinen Ansprüchen an kunstgerechte Leistungen völlig genügte, und er die grenzenlose Verwirrung, die er in dem Material anrichtete, gar nicht beachtete.

Inzwischen war dem wachthabenden Renner die Zeit lang geworden, und mit großer Pflichtvergessenheit hatte er sich in die Wiege gesetzt und wiegte sich. So konnte das Furchtbare geschehen, daß Mine unbemerkt die Treppen erstieg, die Leiter angelehnt fand, und Schlimmes ahnend, mit katzengleicher Geschwindigkeit empor klomm. Da sah sie denn[1] Fritz, ihren besten Hut auf dem Kopf, das Spinnrad mit Füßen und Fäusten malträtierend[2], und halbgelähmt vor Empörung und Entsetzen, wollte sie sich eben in ihr entheiligtes Gemach schwingen, als die Leiter unter ihr abrutschte, und sie, mit den Händen die Schwelle des Oberbodens erfassend, zwischen Himmel und Erde schwebte und durch ihr Zetergeschrei das halbe Haus zusammen rief.

Der Herr Amtsrat war zum Glück auf seinem regelmäßigen Abendspaziergang abwesend, aber Gottlieb und Hanne kamen erschreckt herbei.

Renner hatte sich inzwischen aus der Wiege gehaspelt[3] und sich heimlich und schleunigst hinter dem Rücken der schwebenden, schreienden Mine geflüchtet.

Gottlieb, der sich vor Lachen über den Anblick Minens

krümmte, erfuhr mit einiger Mühe aus ihrem Mund die Ur‑
sache ihres Unfalls, erklärte aber mit Entschiedenheit, er setze
die Leiter nicht eher an, bis Mine verspräche, dem Jungen
nichts zu thun, der inzwischen, zwar fast vor Angst und Reue
weinend, doch unverdrossen weiter spann, um diesen Genuß
auszukosten.

Die bedauernswerte Mine gab wohl oder übel[1] nach und
wurde aus ihrer entsetzlichen Lage befreit, während Fritz, sehr
beschämt und kleinlaut, da sogar Gottlieb ihn mit einem ernsten
„aber Kleener!" getadelt hatte, an ihr vorbei die Leiter hinab
stieg und sich stumm trollte[2].

Dieses Erlebnis gab Mine zu heimlichen Racheschwüren
Anlaß, die sie bei nächster Gelegenheit auszuführen beschloß.
Diese Gelegenheit sollte sich bald genug finden!

Der alte Herr saß eines Morgens bei seinem zweiten Früh‑
stück und führte eben ein Glas Malaga[3] zum Munde. Ihm
ging allerlei durch den Kopf — der Junge war doch nicht
so übel!

Eine ganze Reihe von kleinen, liebevollen Aufmerksamkeiten,
die Fritz dem Alten in ganz kindlicher Selbstverständlichkeit täg‑
lich erwies, schlangen sich wie Ringe ineinander — und Ringe
sind's, die eine Kette bilden!

Zuerst war es dem Alten so ungewohnt gewesen, daß es ihn
störte, wenn der Junge ihm die Pfeife brachte und das Kissen
in den Rücken stopfte — nebenbei mit mehr gutem Willen, als
Geschicklichkeit — aber als Fritz heut nicht zur Stelle war,
wollte die Pfeife nicht so ganz schmecken.

Fritz auf Ferien.

„Und ich bin manchmal recht unfreundlich gegen ihn," dachte
der alte Herr mit leiser Reue, „gestern, als er mir Erdbeeren
brachte, die er selber in der größten Hitze für mich gepflückt
hatte, und ich ihn so kurz abwies — was das für ein kleines,
trauriges Gesicht war, mit dem er abzog[1]."

In dem Augenblick kam Mine herein, ohne anzuklopfen, in
großer Aufregung: „Herr Amtsrat, Herr Amtsrat! der Junge
sitzt auf Ihrem Baum mit den Schattenmorellen[2] und pflückt,
— das werden der Herr Amtsrat doch nicht leiden!"

Der alte Herr stand schweigend auf und nahm seinen großen,
weißen Strohhut vom Nagel — „gieb mir mal den Stock!"
sagte er, und Mine brachte eiligst das Verlangte. Dann stürzte
sie in die Küche zurück. „Der Herr geht mit dem Stock in den
Garten — jetzt wird der Junge mal sein Teil kriegen[3]!"

Gottlieb und Hanne sahen sich stumm und ganz blaß an
— aber der Respekt vor ihrem alten Herrn war noch zu groß,
als daß sie es gewagt hätten, Fürbitte einzulegen oder nachzu=
schleichen."

Indessen ging der Amtsrat etwas rascher, als es seine Ge=
wohnheit war, durch den schattigen Hauptweg nach der Wiese,
wo die Obstbäume standen. Die Mittagshitze zitterte über
den Wipfeln — es war alles so still! Nur ein paar Bienen
summten haftig und unablässig um den großen Lindenbaum,
um noch die letzten Blüten auszutrinken.

Der alte Herr legte die Hand über die Augen und sah in die
flimmernde Sommerluft hinaus — da stand der Baum und
da saß der Junge! Es war doch stark[4]!

Der Amtsrat stampfte kurz mit dem Stock auf und ging dicht an den Baum heran — er hob den Stock — da lachte ihm aus den grünen Blättern das lustige Schelmengesicht ganz unbefangen an: „Das sind aber schöne Kirschen, Herr Amts-
5 rat!" rief er seelenvergnügt¹ — und der Alte ließ den Stock sinken. „Wirf mir auch ein paar herunter!" sagte er kurz und wie gegen seinen Willen.

Fritz rutschte hastig am Stamm herab, die eine Hand voll Kirschen: „Hier, Herr Amtsrat!" rief er voller Freude, „lauter
10 Zwillinge² — zum Ohrringe machen!"

Der Alte saß behaglich im Gras und sah dem Jungen zu.

„Mach dir mal Ohrringe!" sagte er und lachte. Dann aß er ein paar Kirschen. „So frisch vom Baum schmecken sie ganz anders," sagte er.

15 „Freilich!" nickte Fritz einverstanden und aß auch. So endete des Herrn Amtsrats erstes Strafgericht an seinem Gast.

Von diesem Tage an — wer mag sagen, warum? — war die Freundschaft zwischen dem alten Mann und dem kleinen
20 Jungen besiegelt. Zunächst duldete der Amtsrat den Fritz um sich — und bald konnte er ihn nicht mehr entbehren! Seine erste Frage des Morgens war: „wo steckt³ der Junge?" und dieser trug alle seine Freuden und Leiden zu seinem alten Freund und holte sich Rats bei ihm⁴. Der Amtsrat war bald
25 ebenso sehr der Sklave des lustigen kleinen Bengels geworden, wie Gottlieb — wenn er auch ehrenhalber noch den Schein der eisernen Festigkeit bisweilen zu retten suchte.

Fritz half mit wahrer Wonne, wenn Gottlieb im Garten arbeitete. Da dieser Ehrenmann seinen Geschäften in Hemdsärmeln nachging, so legte Fritz seinen leichten leinenen Kittel natürlich auch ab — es gehörte dazu! Heut war etwas vorwitziges Gras zu entfernen, das mitten im Weg in die Höhe kam. Die beiden Freunde schafften mit großer Emsigkeit an diesem Vertilgungswerk, Fritz ächzend unter der Last eines großen Spatens, auf den er jedesmal mit beiden Füßen sprang, wenn er ihn in den Erdboden stieß. Jetzt legte er die beiden Hände auf den Griff und sah Gottlieb an.

„Hast du schon mal Meerschweine gesehen, Gottlieb?" fragte er ganz unvermittelt[1].

Der Angeredete nickte.

„Sind sie hübsch?"

Gottlieb grinste. „Nee, hübsch sind sie nicht!"

„Ich will aber doch welche[2] haben!" entschied Fritz und griff wieder zum Spaten. Gottlieb legte ihm die Hand auf den Arm.

„Ich will dir mal was sagen, Fritz," begann er nachdrücklich, „laß du das lieber sein! Die Meerviecher[3] sind eine schmutzige Sorte, die leidet der Herr Amtsrat nicht!"

Fritz sah betreten aus. „Soll ich ihn gar nicht fragen?"

„Ich thät's nicht!" meinte Gottlieb, „der Herr wird sehr böse werden!"

Fritz ließ den Kopf hängen.

„Ich hatte mich schon so sehr gefreut — der Renner wollte mir vier Stück[4] schenken," sagte er trübselig.

Gottlieb wiegte bedauernd den Kopf und stieß seinen Spaten wieder in die Erde — Fritz that desgleichen.

In dem Augenblick kam der alte Herr vom Hause her und stand, die Hände auf dem Rücken, eine ganze Weile in die Be-
5 trachtung der beiden Arbeitsgenossen vertieft.

„Gottlieb!" rief er dann.

„Befehlen¹, Herr Amtsrat?" erwiderte Gottlieb.

„Da war ja irgendwo noch ein kleiner Spaten," fuhr der alte Herr fort, „der Junge quält sich ja zum Erbarmen mit dem
10 schweren Ding da! Das siehst du doch selber, Gottlieb!" setzte er vorwurfsvoll hinzu.

Gottlieb schickte sich an, den Auftrag auszuführen, konnte sich aber nicht enthalten, im Abgehn einen schlauen Blick auf Fritz zu werfen, der vor unklugem Vorgehn in betreff der Meer-
15 schweine warnen sollte.

Der Amtsrat setzte sich auf die Gartenbank. „Was schnitt dir denn der Gottlieb für Gesichter²?" fragte er behaglich, während Fritz sich hochaufatmend die Stirn trocknete.

„Ach, es war nichts!" stotterte Fritz verlegen.

20 „Na, was ist denn das?" meinte der Alte, „du bist ja ganz ängstlich! Immer heraus mit der Sprache!"

Fritz sah den alten Herrn unruhig an, — plötzlich faßte er einen Riesenentschluß und platzte heraus: „Der Renner will mir Meerschweine schenken!"

25 „Was?" fragte der Amtsrat mit unverkennbarem Entsetzen.

„Meerschweine!" wiederholte Fritz noch lauter, „vier niedliche Meerschweine!"

---

¹ pitiful

Fritz auf Ferien.

Beide sahen sich einen Augenblick an — der alte Herr wortlos vor Schrecken über diese Aussicht — Fritz zwischen Hoffen und Furcht schwankend. Dann stand der Amtsrat von seiner Bank auf.

„Nein, mein Junge," sagte er mit vollster Entschiedenheit, „das schlage dir aus dem Sinn, Meerschweine!"

Und damit ging er langsam nach dem Hause zu und sagte ein paarmal noch ganz empört vor sich hin: „Meerschweine! Der Junge ist nicht recht gescheit!"

Fritz stand währenddessen in seines Nichts durchbohrendem Gefühl[1] und hatte die deutliche Empfindung, hereingefallen zu sein[2]. Er ließ die Unterlippe bedeutend hängen, und als Gottlieb zurückkam und den kleinen Spaten brachte, wischte sich Fritz verstohlen ein paar männliche Zähren[3] ab, die, wie er hoffte und glaubte, keiner gesehen hatte.

Der alte Herr war währenddessen unruhig auf und ab gewandert. Der sichtliche Kummer seines kleinen Freundes war ihm nicht entgangen, und er stieß ein paarmal verdrießlich mit dem Stock auf die Erde: „Meerschweine!" sagte er dann wieder, aber in bedeutend milderem Ton, „ich glaube übrigens, ich habe selbst mal welche[4] gehabt!"

Nach dem Abendbrot blieb Fritz jetzt gewöhnlich noch ein halbes Stündchen bei dem alten Herrn und erzählte ihm von seinen Erlebnissen und Erfahrungen während des Tages.

Auch heut nahmen die beiden an dem großen runden Tisch in der Mitte der gemütlichen Wohnstube Platz, aber Fritz' sonst so überaus redseliger Schnabel[5] war ganz verstummt;

er ließ die Ohren hängen und guckte trübselig vor sich nieder. Der alte Herr sah zuweilen scheu nach ihm hin und hustete dann laut und ärgerlich.

Endlich stand er auf, ging ein paarmal, in kurzen Zügen rauchend, im Zimmer auf und ab, blieb vor dem Bücherschranke stehen und zog einen dicken Band heraus, den er vor Fritz auf den Tisch legte. Es war ein Teil des Konversationslexikons[1].

Fritz sah in die Höhe.

„Suche mal ‚Meerschwein‘!" sagte der Alte barsch.

Fritz sprang auf und stand atemlos vor ihm. „Bilde dir darum nicht etwa ein, daß ich dir erlaube, die Dinger[2] anzuschaffen," fuhr der Amtsrat im selben Ton fort.

Fritz sank auf seinen Platz zurück.

„Aber ich will doch sehen, was eigentlich daran ist[3]," schloß der Alte und tippte mit dem Pfeifenrohr auf das Buch, „schlag' auf!"

Fritz suchte nicht sehr gewandt, da seine Bekanntschaft mit dem Konversationslexikon noch ziemlich oberflächlicher Natur war.

„Meerschwein — siehe Delphin!" las er endlich und sah hilfeflehend zu dem alten Herrn auf: „was heißt denn das[4]?"

Der Amtsrat setzte mit der ihm eigenen Umständlichkeit die Brille auf.

„Siehe Delphin!" wiederholte er ärgerlich, „ach Unsinn! zeig' mal her!"

Da es die berechtigte Eigentümlichkeit der Konversations-

Lexika ist, daß jeder gesuchte Gegenstand zuerst unter der Klausel: „siehe etwas Anderes!" auftaucht¹, so ergab sich denn nach längerem Forschen, daß zwar Meerschwein mit Delphin identisch, das Gesuchte aber unter der Rubrik Meerschweinchen zu finden war. Daselbst wurden diesem Wesen freie Fußzehen, ein einfaches, gegabeltes Knochenplättchen² auf den Backenzähnen und ein dicker, oben platter Kopf, nachgerühmt; dies alles ließ Fritz ziemlich kühl³, aber die Bemerkung: „frißt, auf den Hinterbeinen sitzend," entlockte ihm ein begeistertes: „Das muß reizend sein!", worauf er sich erschreckt auf die Lippen biß.

„Findest du das so schön?" fragte der Amtsrat unsicher, „möchtest du so gern Meerschweinchen haben?"

Der Junge sah den alten Herrn mit aufblitzendem Verständnis in die Augen. Dann lachte er ihn tapfer an.

„Nein, Herr Amtsrat!" sagte er, „ich will nichts, was Sie nicht wollen!"

Der alte Herr schneuzte sich⁴ heftig.

„Na, geh nur⁵ jetzt zu Bett!" meinte er, statt jeder andern Erwiderung, und als die Thür sich hinter Fritz geschlossen hatte, sah er noch lange nachdenklich aus.

„Der dumme Junge!" sagte er gerührt vor sich hin.

Den nächsten Tag erhielt Gottlieb zu seinem sprachlosen Erstaunen und Entzücken den Auftrag, die Meerschweinchen zu erstehen und in einem Korbe in seine — des Herrn Amtsrats — Stube zu bringen.

Fritz, der seine Enttäuschung nun schon verwunden⁶ hatte, kam nach seiner Gewohnheit, ahnungslos und freubeglitzernd⁷

herein getanzt mit irgend einem unendlich wichtigen Bulletin
aus dem Leben des alten Ziegenbockes, der sein neuestes
Ideal war.

Wenn es dem Amtsrat ein Opfer war, dem Jungen die be-
gehrten Meerschweinchen zu schenken, so wurde es ihm durch
Fritz' geradezu¹ maßlose Seligkeit reich vergütet. Das Gesicht
des Jungen, als er auf des Amtsrats Geheiß den Korb öffnete
und die Tiere entdeckte, war zum Malen², aber das Gesicht
des alten Herrn auch. Es war schwer festzustellen, wer am
glücklichsten aussah, der Amtsrat, Fritz oder Gottlieb.

Fritz ergriff sofort im vollsten Sinne des Wortes Besitz von
den Meerschweinchen, indem er sie zärtlich und herzhaft an sich
drückte. Die großköpfigen Kreaturen nahmen diese Umarmung
aber als tötliche Beleidigung auf, sie wanden sich wie Aale und
entwischten dem Arm ihres neuen Besitzers, indem sie unter
lautem Quieken sich sämtlich unter Möbel und Schränke zer-
streuten.

Fritz veranstaltete nun unter Beihilfe des Renner, der sich
als Erstbesitzer eingefunden hatte, um über die Behandlung
der seltenen Geschöpfe zu belehren, eine rasende Treibjagd auf
die Entflohenen, riß im Eifer den geheiligten Stock des
Herrn Amtsrat aus der Ecke, und fuhr damit unter die
Schränke, zog dem Amtsrat und Gottlieb die Füße unter dem
Leibe weg, um Terrain für seine Nachforschungen zu gewinnen, und machte einen Lärm, wie ihn das Amtshaus seit
zwei Generationen nicht mehr vernommen hatte.

Als er endlich, glühendrot und atemlos, im unbestrittenen

Besitz der vier Scheusälchen[1] mit dem Renner abzog, um die geeignete Lokalität für sie zu wählen, standen der Amtsrat und Gottlieb sich eine Weile stumm gegenüber. Endlich hob der alte Herr die Hand und kratzte sich sacht hinter dem Ohr.

„Da scheine ich mir was Hübsches aufgebunden[2] zu haben, Gottlieb," sagte er etwas kläglich.

„Na, Herr Amtsrat," beschwichtigte Gottlieb, „der Kleine freut sich doch aber so sehr! Er braucht sie ja nicht mehr in Herrn Amtsrats Stube zu bringen!"

„Na, das hoffe ich!" meinte der Amtsrat, „aber wo werden sie bleiben, Gottlieb?" setzte er seufzend hinzu.

„Halten zu Gnaden, Herr Amtsrat, ich mache ihnen ein Häusel[3]," sagte Gottlieb nicht ohne Selbstgefühl, „ich war groß in solchen Dingen! Herr Amtsrat werden mal sehn — beim Ziegenstall!"

Das Meerschweinchen-Palais wurde denn auch gleich am nächsten Tag in Angriff genommen. Fritz baute natürlich mit[4] und der Amtsrat erschien denn auch, nahm lebhaften Anteil an den Fortschritten des Baues und gab Verbesserungen an. Ja, er ließ es sich sogar schweigend gefallen, daß Gottliebs architektonische Thätigkeit seine Zeit so weit verschlang, daß er dem Herrn einmal die Posttasche zu bringen versäumte.

Wenn der Alte jetzt des Abends seinen Spaziergang um das Dorf machte, dann war ihm nicht wohl, wenn Fritz nicht nebenher trabte, wie ein kleiner Hund den Weg zehnmal zurücklegend.

Dann kamen wohl¹ die Arbeiter aus dem Dorfe nach Hause und einer oder der andre blieb stehen: „Na, Herr Amtsrat, Sie haben sich mal einen hübschen Bengel eingeladen — das wird ein Kerl² werden!" Dann lachte der alte Herr vergnügt in sich hinein, „ja, ja, er macht sich³!" Alle Augenblicke kam Fritz auf solchen Spaziergängen mit etwas Herrlichem angesprungen: „Sieh mal, Onkel" — bis zu der⁴ Anrede waren sie schon gediehen⁵ — „was ist das für eine⁶ Blume?" oder „horch mal! was singt dort für ein Vogel?"

Und der Amtsrat nahm sich dann zu Hause sein altes Naturgeschichtswerk vor und studierte, damit er doch dem Kleinen Bescheid geben konnte!

Des Abends legten sie zusammen Blumen zum Pressen ein, oder sie spielten Mühle⁷ zusammen, und der Alte war nie so guter Laune, als wenn ihn Fritz besiegt hatte: „Ein Mordskerl!" sagte er zu sich.

Gottlieb war ein wenig ins Hintertreffen geraten⁸ seitdem, aber es fanden sich doch noch genug schöne Stunden, wo Fritz bei ihm in der Stube saß, von seinem Brot aß, welches schöner schmeckte als irgend etwas andres, und sich in der edlen Kunst des Stiefelputzens unterweisen ließ, wobei es sehr darauf ankam, daß man im richtigen Moment auf den zu putzenden⁹ Stiefel spuckte¹⁰ — „da wird es am schönsten!" belehrte Gottlieb, und Fritz befolgte diese Lehre mit vielem Verständnis.

Aber des Abends litt es den Jungen¹¹ nicht mehr bei Gottlieb; „ich muß zum Onkel — heut fangen wir den

Robinson an!" sagte er und lief eilfertig hinein. "Kann ich jetzt, Onkel?"

Und nun ging es los¹. "Hier, Vater, hier unter diesem Apfelbaum!" Alle hüpfend und in die Hände klatschend: "O prächtig, prächtig²!"

"Onkel, so steht's in meinem gar nicht!" sagte Fritz und ließ das Buch sinken.

"Dann ist deines dumm!" erwiderte der alte Herr mit einiger Schärfe, "meines ist die richtige Ausgabe, in der die Kinder einen Tag fasten und sich selbst Sonnenschirme machen! Das haben sie in deiner Ausgabe auch weggelassen, wie ich höre! und das habe ich immer so sehr hübsch gefunden! Du kannst dir diesen hier mitnehmen, wenn du abreist!" fügte der Amtsrat mit unsicherer Stimme hinzu.

Fritz machte große Augen.

"Wann reise ich denn ab?" fragte er betrübt.

"Nun, nächste Woche wollen dich deine Eltern ja wieder haben," sagte der Alte, stand auf und ging ein paarmal hastig im Zimmer auf und ab, "sprechen wir gar nicht davon — es ist ja noch nicht so weit³! Und jetzt geh schlafen!" schloß der Amtsrat nach einer kurzen Weile, "du siehst mir schon müde aus."

Als der Alte dann allein in seiner Stube saß, klopfte es und Gottlieb trat ein.

"Halten zu Gnaden, Herr Amtsrat — ich wollte nur fragen, ob der Herr Amtsrat etwas dagegen haben, wenn ich auf Ostern⁴ die Hanne heirate! — und bleibt sonst alles beim

Alten¹, Herr Amtsrat," fuhr er haftig fort, als er sah, wie der alte Herr finster die Stirn faltete, „wir bleiben natürlich beim Herrn Amtsrat — aber die Hanne sagt —"

„Die Hanne?" fragte der Amtsrat mit Nachdruck, „ich dachte, es sollte die Mine werden!"

Gottlieb drehte die Mütze in den Händen. „Nun ja, Herr Amtsrat — ich dachte auch — aber der Kleene meint, die Hanne wäre besser — und ich muß sagen, zum Kleenen war die Mine manchmal recht verbost² — das kann ich ihr nicht vergessen! Ach, Herr Amtsrat, wie wird uns das³ fehlen, wenn der Junge weggeht!"

„Dummes Zeug⁴!" sagte der Amtsrat rauh, „ist es vorher gegangen, wird es auch weiter gehen — gute Nacht, Gottlieb!"

Aber als sich die Thür hinter Gottlieb geschlossen hatte, fuhr sich der alte Herr mit der Hand über die Augen. „Ja, wie wird das sein, wenn der Junge wieder fort ist!" sagte er halblaut vor sich hin, „wer hätte das gedacht, daß man sich so an ihn gewöhnen würde!"

Und so kam der letzte Tag von Fritz' Anwesenheit heran. Der Junge war nach Kinderart geteilt zwischen Heimatfreude und Trennungsschmerz — aber dem alten Mann war das Herz schwer!

Den Nachmittag ging er noch einmal mit seinem kleinen Liebling in den Garten: „Es stehen noch ein paar Erdbeeren da, Fritz — such dir sie!" sagte er mühsam, als ob ihm die Kehle trocken wäre, „morgen sucht sie doch⁵ keiner mehr!"

Und während der Junge flink und lustig zwischen den Büschen herum schlüpfte, saß der alte Herr, die Hände auf den Stock gestützt, und sah ihm zu, bis ihm die Augen übergingen. Dann kam der Kleine und hatte die schönsten Beeren auf breite Ahornblätter gelegt, setzte sich neben seinen alten Freund auf die Bank und hielt sie ihm schweigend hin. Aber der Alte wehrte ebenso schweigend ab, und so saßen die beiden Freunde eine ganze Weile. Da hob der Amtsrat den Kopf: "Horch, Fritz — der Kuckuck ruft!"

"Wir wollen zählen!" rief Fritz fröhlich, "wie viel Jahr¹ —"

Aber der Alte legte ihm sacht die Hand auf den Mund. "Nicht zählen, Fritz — ich zähle nicht mehr gern."

Und über das helle Kindergesicht ging ein Schatten — er hatte ihn wohl verstanden! "Nein, nicht zählen, Onkel Wilhelm," sagte er leise und faßte zärtlich die Hand des alten Herrn.

Den nächsten Tag hielt die alte Kutsche zu rechter Zeit vor dem Hause. Gottlieb saß mit bärbeißiger² Miene, hinter der er seinen Kummer verstecken wollte, auf dem Bocke, und Hanne trug mit Seufzen und Stöhnen den Koffer ihres kleinen Lieblings auf den Wagen. Es waren nur vier Wochen gewesen, die er hier verlebt hatte — aber er hatte über dem ganzen Haus das Zepter der Kindheit geschwungen und hatte alles³ wieder mit sich jung und lustig gemacht!

Der alte Herr stand selbst an der Wagenthür und schob ihm ein Körbchen Obst nach: "Und sei auch vernünftig auf

vernünftig, good (of children)

der Reise," sagte er mit kaum unterdrückter Rührung, „und vergiß das alte Amtshaus nicht!"

„Nein, nein, Onkel Wilhelm," rief das Kind und fiel dem Alten schluchzend um den Hals — der schob ihn sanft zurück. „Pfui, Fritz — ein Junge weint nicht! immer Kopf hoch! verstanden!"

Und als der Kleine mit seinem Hütchen zum Wagenfenster heraus schwenkte und wieder schwenkte, so lange noch eine Spur vom Hause zu sehn war, da stand der alte Mann und sah ihm nach: „Ein Schlingel[1]!" sagte er halblaut.

Hanne, die sich unterdessen sehr geräuschvoll die Thränen abgewischt hatte, blickte jetzt auf. „Kommt er nicht zu den nächsten Ferien wieder, Herr Amtsrat?" fragte sie schüchtern. Der Amtsrat fuhr auf, wie aus dem Schlaf angerufen.

„Das hat ja noch Zeit[2]!" erwiderte er dann halb ärgerlich, aber doch mit einem seltenen Ausdruck in den Augen. „Daran habe ich noch gar nicht gedacht," sagte er vor sich hin, als er in sein stilles Haus zurückging, „dumme Frage — freilich kommt er wieder!"

NOTES.

NOTES.

Page 1.—1. **Ferien**, pl., *vacation holidays*. **Auf Ferien** instead of the more-correct **in den Ferien** is formed by analogy with **auf Reisen**, 'traveling.'

2. **denn** depends upon something implied; as 'you say that he has recovered.'

3. **Justizrätin** (fem. of **Justizrat**), lit. 'wife of the counsellor of justice.' **Justizrat** is a mere title of distinction bestowed upon lawyers, and has no equivalent in English. The word **Rat** is frequently used in forming titles: **Amtsrat, Kriegsrat, Medicinalrat, Hofrat, Geheimrat**, etc. In Germany married women are always given the title of their husbands; thus, **der Pastor, die Pastorin; der Justizrat Schröber, die Justizrätin Schröber**.

4. **Hausarzt**, *family-physician*. For **Haus** in the sense of 'family' comp.: **Hausvater, Hauslehrer**, etc.

5. **ausfragen**. **Aus** frequently adds the idea of thoroughness; thus, **ausfragen**, 'to ask a thousand questions,' 'to get *full* information by asking.'

6. **Masern-Rekonvaleszent**, *recovering from the measles*.

7. **hätte ... sein müssen**, *would have had to have been*. This is a conditional subjunctive, the condition being implied in the following clause. Why **müssen** instead of **gemußt**?

8. **er hob dem Jungen den Kopf**, *he raised the boy's head*. In German a possessive dative is often used instead of the English possessive genitive or pronominal adjective, especially when parts of the body are mentioned.

9. **in die Höhe heben**, *to lift, to raise*.

10. Masculine Christian names in **z, x, s**, as: **Fritz, Max, Hans**, commonly form their genitive by adding **-ens**; thus, **Fritzens, Maxens, Hansens**. This usage, however, is not uniform, though it is to be

recommended. Most authors use the apostrophe as a sign of the genitive with only classical names: Demoſthenes' Reden, some also with German names.

11. durcheinander wogten, *fluctuated confusedly*, lit. 'rolled hither and thither like waves.'

12. geh einmal, *just go!* Einmal with an imperative is emphatic, like the English 'just,' 'please,' 'pray,' 'do.' In such cases it has the accent on the last syllable.

Page 2. — 1. mausſahl geſchoren, *closely clipped.* Reference is made to a mouse as having very short hair; thus, mausſahl, 'as bald as a mouse.'

2. Ein Klaſſenlehrer in a German school is the teacher who instructs a certain class in most of the important branches. He also supervises the industry and moral behavior of the members of this class, and possesses the right of punishment.

3. von . . . her, *from*. An adverb is often added after a noun governed by a preposition to define more nearly the meaning of the preposition, or for the sake of emphasis.

4. Quinta, *fifth class*. The Latin ordinals are commonly used to denominate the different classes of a German school. Prima being the first and highest class. Members of the Prima are called Primaner; thus, Quintaner, Sextaner.

5. Ordinarius = Klaſſenlehrer. Comp. note 2.

6. Corporal punishment is allowed in all lower classes of a German school, but pulling the boys' hair, against which Fred and his comrades wish to protect themselves, is, of course, only resorted to in fun, in order to demand their attention.

7. vor ſich hin, *to himself.* Comp. note 3

8. wohl is very frequent in questions stated declaratively, and then expresses the speaker's opinion, which he expects to be confirmed. It may be rendered by 'I suppose,' 'no doubt,' etc.

9. von der Seele, *off your mind* (soul). Comp. note 8, page 1.

10. After Frau, prefixed to titles for the sake of politeness, the suffix -in is usually omitted: Frau Juſtizrat. This rule, however, is not strictly observed, and in colloquial German the feminine form of the title is very frequent.

11. graſen zu laſſen, lit. 'let him graze,' *put him to pasture.*

12. **schlapp**, colloq. for schlaff, *weak*.

13. **Gott sei's geklagt**, lit. 'be it complained of to God.' From a German point of view, expressions containing the word God are quite innocent. In English they had better be avoided. This expression to a German means little more than *alas!* Note the subjunctive.

14. **also**, *therefore* (not: 'also'), denotes an inference. The word is very frequently used in colloquial German.

15. Note the definite article before proper names implying familiarity. Care should be taken in using the article, as it denotes contempt, if improperly applied.

16. **Bravo!** Pronounce v like English *v*.

17. **der eben eintretende Vater**, lit. 'the just entering father.' Adjectives with other words depending upon them may be used as epithets in German, standing immediately before the noun. This is a characteristic German idiom, which in English should be rendered by adjective clauses following the noun. Note very frequent cases in this story.

18. **einmal**, *for once*.

Page 3. — 1. **Bengel**, lit. 'cudgel,' 'club,' fig. 'unmannered lad.' Here it is used colloquially for *little fellow*.

2. **mal**, colloquial for einmal. Comp. note 18, page 2.

3. **Erynnien**, *erinnys*. Greek mythology, the avenging deities Tisiphone, Alecto and Megæra. Also called 'Eumenides' or 'Furies.'

4. **verkleckert**, *ink-stained*. The prefix ver- often has the sense of spoiling or destroying by an action. Comp. verbrennen, verhageln.

5. **wie das Teufelszeug heißen mag**, *whatever the infernal stuff may be called*.

6. **ja**, *indeed*. The affirmative adverb ja, 'yes,' is often used within a sentence in the sense of 'indeed,' 'surely,' 'certainly,' etc., to express the speaker's firm belief.

7. The omission of Herr before the title is permitted only as a familiarity. Comp. note 10, page 2.

8. The use of the present tense in the sense of the future is much more frequent in German than in English. This usage is due to a former condition of Germanic language in which the future was always expressed by the present tense; the auxiliary future being a later formation.

9. **nicht einmal,** *not even.*
10. **ein in jeder Beziehung segensreiches Intermezzo,** an intermezzo, which ... Comp. note 17, page 2.
11. **nämlich** may be rendered *at least.*
12. **Pläsier** (French), frequent in colloquial style for **Vergnügen.**
13. **betrieb ben Hauptsport,** *pursued the capital sport.* **Sport** (English) = **Vergnügen, Spaß.**
14. **Nüance,** *shade, hue.* Pronounce as in French, but final e as in German.

Page 4. — 1. The concessive adverb **zwar,** 'in truth,' 'to be sure,' often means little more than 'that is to say.'
2. **was hat Ihnen denn,** *what in the world has* ... Comp. note 2, page 1.
3. **nach der Uhr geregelte Junggesellenwirtschaft,** *bachelor's household, where everything moves on like clockwork.* Comp. also note 17, page 2.
4. **Bengel** may here be rendered *young Arab.* Comp. note 1, page 3.
5. **Lassen Sie es mich nur machen,** *just leave the matter to me.* **Nur** increases the urgency of the request.
6. **fidel',** colloq. for **lustig, fröhlich.**
7. **eingerostete alte Knorren,** lit. 'rusted old knots'; tr. *hardened old cudgels.*
8. **denn,** *pray!*
9. **er wird doch das nicht thun?** *He won't, will he?* **Doch** has adversative force; it is an emphatic negation of what is in the mind of the person addressed, and thus often suggests 'in spite of what you say.'
10. **es sollen ... vorgekommen sein,** *such cases are said to have happened.* **Es** is often the grammatical subject of a verb anticipating a following logical subject. The verb agrees with the logical subject. Note the idiomatic sense of the modal auxiliary **sollen,** 'is said,' 'is supposed.'
11. **dabei,** *in such an event.*
12. Present tense in the sense of the future. Comp. note 8, page 3.
13. **ja,** *you know.* Comp. note 6, page 3.
14. **macht sich ... nicht,** *if the matter does not turn out well.* The conjunction **wenn,** 'if,' is often omitted, and the protasis then has the construction of a question.

15. nun, *well.* Nun here simply makes a logical connection between what the Justizrat is going to say and what has been said.

Page 5. — 1. **Quintaner.** Comp. note 4, page 2.

2. **schnürte ... zusammen,** lit. 'it laced her heart together'; tr. *oppressed her heart.*

3. **wie Mütter nun einmal sind,** *as is always the way with mothers.* Note the idiomatic use of einmal.

4. **doch,** *nevertheless.* Comp. note 9, page 4.

5. **Glückseligkeitsinseln,** lit. islands of bliss.' The suffix -selig is originally a combination of the two suffixes -sal and -ig, the vowel a being modified (written e instead of ä); thus, Mühsal, mühselig; Trübsal, trübselig. Now this combination is treated as one suffix, and is added to words not forming derivatives in sal; thus, glückselig, feindselig, rebselig.

6. **Unzahl,** *great number.* Un prefixed to adjectives gives them the opposite sense; as a prefix to nouns it usually gives a bad sense, as Unkraut, Untier. Also Unzahl has a somewhat bad sense, as it denotes a number too large to be counted.

7. Probably a reference to the bright-colored uniforms of German hussars.

8. **verkrümelte sich,** colloq. for verschwand, *vanished.* Verkrümeln is derived from Krume, 'crumb'; thus lit. 'disappear like a crumb.'

9. **Preziose,** *jewel.*

10. A genitive of quality is often seen as complement of sein, occasionally also with other verbs; thus, idyllischer Natur sein, einer Meinung sein. However, the dative with von is more frequent in modern prose, while the genitive is still often used in poetry.

Page 6. — 1. **Fleischbrett,** a board for chopping or mincing meat.

2. **darüber,** über das Ende der Beschäftigung.

3. **einen ... hindurch,** *the livelong day.*

4. Comp. what is said of es in note 10, page 4.

5. Quotation from Schiller's ballad Der Graf von Habsburg:

> „Und beendigt nach langem verderblichen Streit
> War die kaiserlose, die schreckliche Zeit."

The time referred to is the so-called Interregnum, a fearful time of anarchy (1254–1273), which preceded the election of Rudolf von

Habsburg. These words are quoted so often, that now they are used, as in this case, in a light and humorous sense only.

6. **Rasen**, inf. used as noun, *romping*.

7. **gab zu hören**, *expressed*.

Page 7. — 1. **Gummi-Genickrolle** (rubber+neck+roll), *rubber pillow*.

2. **Hahn**, valve.

3. **wühlenden Neid**, *gnawing envy*.

4. **Prügelei**, colloq. for **Schlägerei**, *fight*.

5. **verkrallen**, lit. 'to dig the claws in so deep as to be unable to withdraw them.'

6. **ihr**, der **Gummirolle**. Commonly only the nominative and accusative of the personal pronoun are allowed to stand for objects.

7. **hätte sie so gern**, *she would have liked so much*. Optative subjunctive.

8. **das gehörte schon immer mir**, *that has always belonged to me*. **Schon** is often used in German with a past tense, simply to emphasize the idea of past tense.

9. **porträtierten sich**, **zeichneten sich ab**, *drew each other's portraits*.

Page 8. — 1. **Amtsrat**, or **Amtmann**, *district-judge*. Comp. **Justizrat**, note 3, page 1.

2. **Weißfelbe**, a fictitious name of a town, coined by analogy with names of many German towns in -felde, -furt, -burg, -au, etc.

3. **wird dir ... sein**, *but don't you think you will be homesick*. **Bange** here, as often in colloquial German, has its original meaning from **bangen**, *to long for*. **Auch** depends upon something implied, as, 'I see that you don't mind it.' It may be rendered by 'but,' 'however.' Comp. **denn**, note 2, page 1.

4. **wo** and **wie** are often used colloquially for **warum**.

5. **mit** used adverbially, *along*. In English it is often rendered by the preposition 'with' and a pronoun. **Komm mit**, 'come along'; **nehmen Sie es mit**, 'take it with you.'

6. **Wanderstaat**, *traveling outfit*.

7. **weibisch**, *womanish;* **weiblich**, *womanly* or *feminine*.

Page 9. — 1. **an den Tag legte**, *manifested*. Comp. **an den Tag kommen**, 'come to light'; **an den Tag bringen**, 'bring to light'; **es liegt am Tage**, 'it is evident.'

2. **geht's noch nicht bald los**, *are we not going to leave soon?* Los gehen, colloq. for anfangen.

3. **Eisenbahncoupée**, *railroad compartment*. In Germany the railroad cars are commonly divided into several compartments, or coupés, with doors on each side.

4. **immer wieder**, *again and again.*

5. **sich verstehen zu**, *to give up to.*

6. **Ihr könnt mich ja mal besuchen**, *well, you may come to see me some day.* Note the force of ja in this sentence. Fritz is well aware of his mother's sorrow, and wishing to console (trösten) his parents he calls their attention to the fact that they might visit him.

7. **als ginge**, *as if . . . went.* Als in the sense of als ob, als wenn, is followed by the subjunctive.

8. **Wagennetz.** A net in the car, in which passengers may deposit small bundles and packages.

Page 10. — 1. **Notleine.** A bell-rope passing through the train and which passengers are requested to pull in case of danger.

2. **Plaidrolle**, 'a shawl rolled and strapped.' Plaid = Reisedecke.

3. **Betrachtungen anstellen**, *to make reflections.* Comp. eine Vergleichung anstellen, 'to draw a parallel.'

4. **wildesten, unartigsten Jungensgesichter** incorrect for Gesichter der wildesten, unartigsten Jungen. Adjectives preceding a compound cannot limit the descriptive element. Such mistakes are frequent in German, and they may produce very humorous results. Much quoted are: Reitende Artilleriekaserne, a term which really appeared on the artillery barracks in Berlin, gelbe Fieberanfälle, junge Mädchenschule, etc. The s in Jungens is ungrammatical but colloquial. The colloq. plural in s, Jungens, Kerls, Mädels, etc., has sprung from the low German dialects, and is not used in higher style.

5. **er wächst zu**, *his hair is covering him up.*

6. **Na**, colloq. for nun, *well.* Pronounce a short.

7. **Kleener** for Kleiner. Gottfried's language approaches the dialect, but words like Kleener and nee (for nein) are by no means characteristic of a certain district, they are used all over Germany.

Page 11. — 1. **von dannen**, *hence, away.*

2. **in den Sechzigen**, also Sechzigern, *in the sixties.*

Page 12. — 1. **doch,** *at least.* The adversative **doch** modifies the preceding nie.
   2. **Mine,** abbr. of **Wilhelmine.**
   3. **Schülermütze.** A colored cap worn by the boys at a German school. Each class has its special color.
   4. **Flur** is a spacious entrance-hall of a German house, usually dividing the house into two halves.

Page 13. — 1. **macht sich schon Zeitvertreib,** *easily finds something to do.* Note **schon** with the present tense in the sense of 'surely,' 'easily.'
   2. **Was ist denn (los)?** *Well, what is the matter?*
   3. **mir,** ethical dative representing the person affected. This dative is often rendered by a possessive in English.
   4. **Läufer,** lit. 'runner,' *stair carpet.*
   5. **lachte hell auf,** *burst out laughing.*
   6. **so was,** *something like that.* **Was,** colloq. for **etwas.**
   7. **mal,** *once in a while.*
   8. **gieb ... Ohren,** *just give him a box on the ear.* **Eins** is literally 'one thing.' Comp. **wir trinken, schwatzen Eins zusammen.**

Page 14. — 1. **mir,** ethical dative. Comp. note 3, page 13. Here it is not to be translated. It is often introduced for the sake of liveliness.
   2. **gar so,** *so very.*
   3. **es kommt ... an,** *surely, you only risk a trial.*
   4. **vor sich hin,** *to himself.*

Page 15. — 1. **nach der Schnur,** lit. 'by line and level,' *like clockwork.*
   2. **Hanne,** abbr. of **Johanne.**
   3. **dementsprechend** = **demgemäß.**
   4. **ausholte,** *prepared for.*

Page 16. — 1. **Halten zu Gnaden,** *with your permission.* The plural of the verb dependent upon a title in the singular is a comical outgrowth of over-politeness. It may be explained that the title is used as a substitute for the pronoun of address **Sie.** Here the title is omitted, as it follows immediately after.
   2. **Kerl,** colloq. *fellow.*
   3. **wie irgend etwas,** lit. 'he is as alert as anything.'

4. Comp. note 1.
5. A reflexive phrase is often used in German where in English the passive is preferred.

Page 17. — 1. vorgehaltenen, lit. 'held before his mouth.'
2. platzte heraus, *burst out laughing.*
3. begossen, wie mit kaltem Wasser begossen, *abashed.*
4. brannte darauf, *burned with impatience.*
5. sich orientieren, *to find one's bearing;* lit. 'to find the place where the sun rises,' the East (Orient), which sailors had to do before the invention of the compass.
6. renommieren = prahlen.

Page 18. — 1. flitzte, colloq. *flit.*
2. vor der Hand, *for the present.*

Page 19. — 1. er erzählte Fritz in den Schlaf. This expression is formed by analogy with in ben Schlaf wiegen, 'rock to sleep.'
2. anders that er es nicht, anders wollte Fritz nicht einschlafen.
3. Hab' und Gut, *all his property,* is a popular tautological phrase. Though Habe is a feminine noun, the phrase follows the gender of the latter, das Gut. German abounds in coupled nouns, connected partly by sound, partly by sense. Many are alliterative: Leib und Leben, Stock und Stein; others are rhymes or are simply connected by sense; as Gut und Blut, Lug und Trug; Berg und Thal. Such phrases, as a rule, do not take an article.
4. verhagelt cannot be applied to persons, and is here introduced only to produce a comical effect. For the sense of the prefix ver-, see note 4, page 3.
5. Bettkante, *bed-post.*
6. das hielt ... ihn auf, *that detained him.* Denn is sometimes used to mean little more than the conjunction 'and.' It may be so translated here.

Page 20. — 1. munkelte, colloq. for leise, heimlich reden.
2. Ballholz, *ball-bat.*
3. ja. Note the frequency of ethical particles in the following conversation. They should not be passed by without endeavoring to find English equivalents.
4. Mordsjunge, *splendid fellow.* Mords, derived from an oath, as

Morb unb Tob, Morb Sapperment, has here become the expression of admiration, as often in colloquial style and slang. Blitz is used in the same manner, Blitzmädchen.

5. beim Abnehmen, *casting off stitches.*

Page 21.—1. einen Narren an jemand gefressen haben, colloquial phrase for jemand in blinder Verehrung lieben.

2. ran, colloq. for heran. Comp. raus (heraus), rein (herein), runter (herunter), etc.

3. bethulich, colloq. for freundlich entgegenkommend, *affectionate.*

4. anspannen ... einpacken. The infinitive is sometimes colloquially used with an imperative meaning. So also in notices, as Links fahren! Rechts gehen!

5. The pleonastic negation, grammatically and logically, is equivalent to an affirmation, but it is very frequent in colloquial and even higher style. It then expresses an emphatic negation. Many examples of the pleonastic negation may be found in the best German authors: Niemand nichts (Goethe); Es war kein Katalog noch Verzeichnis von keiner Statue (Goethe). So viel als niemand ohne Schaden nicht wissen kann (Wieland).

6. aus dem Herrn seiner Zeitung, aus der Zeitung des Herrn. A genitive or dative followed by a possessive adjective of the third person is very frequently used colloquially instead of the genitive, especially in Southern Germany. Comp. dem Vater sein Hut; des Teufels sein Gepäck (Goethe); meinem Feldwebel seine Frau (Auerbach).

7. Herr, du meines Lebens! is an exclamation. Also du meines Lebens! or Herr, du mein! These exclamations should not be rendered literally, they very nearly correspond to the English *my goodness!* Comp. note 13, page 2.

8. leiden mögen, *like.*

9. The e of the flexional ending -en is silent in colloquial German. Teachers and students, wishing to pronounce distinctly, often overlook that the pronunciation of this e is not at all German. In ordinary colloquial German, the ending -en is heard only as a quick breath through the nose, the tongue and the lips almost always remaining in the position required for the letter preceding this ending. In a number of verbs the e is often even omitted in writing: gehn, sehn, stehn. In thun it has been dropped altogether.

NOTES.

Page 22. — 1. Nee, very frequent for Nein. Comp. note 7, page 10.

2. im Schweiße seines Angesichts, *by the sweat of his brow*, a biblical phrase.

3. Comp. note 7, page 21.

4. Note the inversion for the sake of emphasis. In such cases the verb is usually followed by doch. Hab ich den Markt und die Straßen doch nie so einsam gesehen (Goethe, „Herrmann und Dorothea").

Page 23. — 1. machte Kehrt, *turned around*, or *made a 'right-about face.'* Kehrt (euch)! used in military tactics.

2. Winken und Plinken, *nodding and winking.* Plinken or plinkern, i.e. mit den Augen zwinkern, is slang.

3. unnützer Schlingel, Taugenichts.

4. Gestern noch (*only yesterday*) hatte er schreckliche Dinge angerichtet.

5. Oberboden, *top-garret.*

Page 24. — 1. das geborene Schiff, *as if made for a ship.* Note the figurative use of geboren, 'born.'

2. aber erst, *but especially.*

3. Conditional subjunctive. This is an incomplete hypothetical period, the conclusion being omitted. The whole would be: wer auf diesen hätte gelangen dürfen, der wäre glücklich gewesen.

4. Terrain (French), *ground*, syn. Boden. Terrain is a military term.

5. wo, worauf, *whereupon.*

6. Fersengeld geben, *to take to one's heels.*

7. papiereingefaßt, 'paper-framed.'

8. Grimassen schneiden, *make faces.*

Page 25. — 1. denn, here *of course.*

2. malträtieren, schlecht behandeln.

3. haspeln, lit. 'to wind on a reel,' is often used figuratively, and then means 'to move quickly.'

Page 26. — 1. wohl oder übel, *willy-nilly.*

2. sich trollen, slang for sich entfernen, weggehen.

3. Malaga-Wein. The word Wein is usually omitted: Tokayer,

Champagner, Rüdesheimer, Burgunder; with some it is more or less customary to add it: Portwein, Rheinwein, Moselwein.

Page 27. — 1. abzog, colloq. for wegging.

2. Schattenmorellen, a kind of sour cherry. The sour cherries, better than sweet cherries, thrive in shady places, and some kinds become especially fine on the north side of buildings and walls hence the name Nordkirsche or Schattenmorelle.

3. wird sein Teil kriegen, wird erhalten, was er verdient, nämlich Strafe. Teil for Anteil, the part which is due to someone, is frequently used even in high style. Kriegen, colloq. for erhalten, bekommen.

4. es war doch stark, it was too much.

Page 28. — 1. seelenvergnügt, very happy, as happy as he can be.

2. lauter Zwillinge, nothing but twins. Cherries grown together with their stems.

3. wo steckt der Junge is a little more emphatic than wo ist der Junge.

4. holte sich Rats bei ihm, sought his advice. Note the partitive genitive Rats, which is now very little used, except in some set phrases.

Page 29. — 1. unvermittelt, abruptly.

2. welche is often used colloquially for einige.

3. Meerviecher, contemptuous for Meerschweine. Viecher, colloq. and contemptuous plural of das Vieh, 'cattle.'

4. vier Stück, four of them. Note the use of Stück, 'piece,' in this sense. Comp. the English 'I paid two dollars a piece for them.'

Page 30. — 1. Was befehlen der Herr Amtrat?

2. Gesichter schneiden, comp. note 8, page 24.

Page 31. — 1. in seines Nichts durchbohrendem Gefühl, lit. 'in the penetrating feeling of his nothingness,' a quotation from Schiller's Don Carlos II, 1, which is often used in parody to produce a comical effect.

2. hereingefallen zu sein, colloq., to have put his foot in it.

3. Zähre is the poetical term for Thräne, tear.

4. Comp. note 2, page 29.

5. redseliger Schnabel, colloq., loquacious beak. Comp. note 5, page 5.

NOTES. 55

Page 32. — 1. Konverfationslexikon, *encyclopedia*.
2. Dinger, contemptuous plural of das Ding (reg. plural: Dinge). Comp. Biecher, note 3, page 29.
3. was eigentlich daran ist, *what is the real truth of it.*
4. was heißt denn das? *what does that mean?* Render denn by putting stress on 'that.'

Page 33. — 1. auftaucht, lit. 'dives up,' *appears.*
2. gegabeltes Knochenplättchen, *bifurcated bone-plate.*
3. ließ Fritz ziemlich kühl, colloq., *did not interest Fred very much.*
4. schneuzte sich or schnäuzte sich, *blew his nose.*
5. nur in imperative sentences increases the urgency of the request.
6. verwunden, colloq. for überwunden, *overcome.*
7. freubeglitzernd for freubestrahlend.

Page 34. — 1. geradezu, *out and out.*
2. war zum Malen, *was worth painting.* Etwas ist zum Malen means that it is a worthy subject for a painter. Comp. bildschön, zum Malen schön.

Page 35. — 1. Scheusälchen, dim. of Scheusal, *horrid little things.*
2. aufgebunden, lit. 'tied on my back,' *I have got a fine mess on my hands.* Ich binde mir etwas auf, colloq. for ich übernehme die Verantwortlichkeit. Ich binde Jemand etwas auf, colloq. for Jemand belügen.
3. Häusel, dialectic diminutive of Haus. The ending -el, corruption of -lein, is heard all over Germany: Mädel, Kristkindel.
4. baute mit, *helped building.*

Page 36. — 1. wohl may here be rendered by 'it often happened that.'
2. Kerl, *splendid fellow*, and Bengel (Note 1, page 3) often become expressions of admiration. Comp. Mordsjunge, note 4, page 20.
3. er macht sich, *he promises well.*
4. der = dieser.
5. gediehen, *progressed.*
6. Note the separation of was für eine, which is very frequent in colloquial German.
7. Mühle ('mill') is a game at draughts.
8. ins Hintertreffen geraten, lit. 'get into the rear-guard.'

9. **zu pu͟tzenden**, *to be shined.* A peculiar passive form of a transitive verb, a kind of 'future passive participle,' which, however, can only be used as an attributive adjective.

10. **spucken**, colloq. for **speien**, *spit.*

11. **litt es ben Jungen**, *the boy no longer cared to stay with Gottlieb.* Note the accusative object, signifying the person affected, with **leiben** used impersonally. Comp. the English 'methinks.'

Page 37. — 1. **ging es los**, *they began.* Comp. note 2, page 9.

2. This is a passage from Campe's Robinson Crusoe. This work **Robinson Krusoe, der Jüngere**, an adaptation of the English work, first appeared in 1779, and since then has been so popular in Germany that the 110th edition was printed in 1887. The story is told in the form of conversations. A father tells his children the adventures of Robinson Crusoe, who is represented as being born in Hamburg, and the children take an active part in the story. They are admonished to imitate Robinson Crusoe, and they build huts, milk the goats, and learn to make straw hats. The conversations take place wherever they are, in the house or in the garden.

3. **weit** here has the sense of 'progressed in time,' the time has not come yet.

4. **auf** not only denotes time extending into the future, it also refers to a certain moment in the future.

Page 38. — 1. **beim Alten**, *as before.* Note the inversion after **und**, which is decidedly ungrammatical, but very frequent in colloquial German. This mistake, which should not be imitated, is almost invariably found in all German newspapers and in commercial style. Insert **es** after **und**.

2. **verbost zum Kleenen** for **erbost auf den Kleinen**.

3. Note the pregnant meaning of **das**, by which Gottfried expresses everything that Fritz's presence has been to him and to the judge.

4. **dummes Zeug**, colloq. for **Unsinn**, *nonsense.*

5. **doch**, *anyhow.*

Page 39. — 1. **wie viel Jahr lebe ich noch?** German children ask this question of the cuckoo, and then they count the number of calls which denotes to them the number of years they are still to live. It is a common superstition that the cuckoo is an oracular bird.

2. **bärbeißig,** syn. grimmig, bissig. This expression is derived from Bärenbeißer, a kind of fierce hound used in bear-hunting. Comp. Bullenbeißer, 'bull-dog.'

3. Note the neuter singular alles (for alle) used in an indefinite way of persons, signifying *everybody*.

Page 40. — 1. Schlingel, *saucy fellow*, here in an affectionate sense.

2. **das hat ja noch Zeit,** *there is time enough to think about that.*

VOCABULARY.

A.

Aal, *m.* (*pl.* -e), eel.
ab'beißen (biß, gebissen), to bite off.
ab'biegen (bog, gebogen), to turn (off).
ab'binden (band, gebunden), to untie, take off.
ab'bürsten, to brush off.
ab'drücken, to press.
Abend, *m.* (*pl.* -e), evening.
Abendbrot, *n.* supper.
Abendessen, *n.* (*pl.* -), supper.
abendlich, evening.
abends, in the evening.
Abendspaziergang, *m.* (*pl.* "e), evening walk.
Abenteuer, *n.* (*pl.* -), adventure.
aber, however, but.
Abfahrt, *f.* (*pl.* -en), departure.
ab'geben (gab, gegeben), to give.
ab'gehen (ging, gegangen), to go away, leave.
Abgott, *m.* (*pl.* "er), idol.
ab'holen, to fetch away, call for, bring back.
ab'kühlen, to cool down (off).
ab'legen, to take off

ab'liefern, to deliver.
ab'nehmen (nahm, genommen), to cast off stitches.
ab'reisen, to depart, leave.
ab'rutschen, to slide away.
Absatz, *m.* (*pl.* "e), heel.
Abschied, *m.* (*pl.* -e), parting.
Abschiedsschmerz, *m.* (*gen.* -ens, *pl.* en), pain of parting.
ab'sperren, to separate.
ab'spielen, sich, to pass.
ab'wechseln, to alternate.
ab'wehren, to refuse.
ab'weisen (wies, gewiesen), to refuse, repel.
ab'wenden (wandte, gewandt), to turn off.
abwesend, absent.
ab'wischen, to wipe away (off).
ab'ziehen (zog, gezogen), to go away.
ach! ah! alas! oh!
achselzuckend, shrugging one's shoulders.
acht, eight.
Achtung, *f.* respect.
ächzen, to groan.
Affe, *m.* (*pl.* -n), monkey.
ahnen, to suspect.

A

ahnungslos, unsuspicious, unsuspecting.
Ahornbaum, m. (pl. ⸚e), maple-tree.
Ahornblatt, n. (pl. ⸚er), maple-leaf.
alert', alert.
all, all.
alla'bendlich, every evening.
allein, alone.
Alleinsein, n. solitude.
allerdings', of course, to be sure, indeed.
allerlei, all sorts of.
alles, everything.
allgemein, general, universal.
allzu, altogether too.
als, as, when, than.
also, thus, so, therefore.
alt, old; der Alte, the old man; der Älteste, the eldest (child).
altersschwach, weak from (old) age.
am = an dem.
Amt, n. (pl. ⸚er), office, duty.
Amtshaus, n. (pl. ⸚er), judge's house.
Amtsrat, m. (pl. ⸚e), judge.
amtsrätlich, the judge's (belonging to a judge).
an (dat. and accus.), at, near, by; to, toward, of; on (time).
Anblick, m. (pl. -e), sight.
ander, other.
anders, otherwise, differently.
an'fangen (fing, gefangen), to begin, do.

an'fertigen, to make.
an'füllen, to fill.
an'geben (gab, gegeben), to suggest.
Angesicht, n. (pl. -er), countenance, brow.
Angewohnheit, f. (pl. -en), habit.
Angriff, m. (pl. -e), attack; in Angriff nehmen, to begin.
Angst, f. fear.
ängstlich, anxious.
Anhöhe, f. (pl. -n), hill, elevation.
an'klopfen, to knock.
an'kommen (kam, gekommen), auf, to be of importance to, care for, depend upon.
an'lachen, to laugh at.
an'langen, to arrive.
Anlaß, m. (pl. ⸚sse), occasion.
an'legen, to put on.
an'melden, to announce.
Anna, Anne.
Anrede, f. (pl. -n), address.
an'reden, to address.
an'richten, to do.
an'rufen (rief, gerufen), to call.
ans = an das.
an'schaffen, to procure.
anschaulich, vivid.
Anschaulichkeit, f. vividness.
Anschauung, f. view.
anscheinend, apparently.
an'schicken, sich, to prepare, set about.
an'sehen (sah, gesehen), to look at.
ansehnlich, sightly.
an'setzen, to put on.

an'fpannen, to harness up.
an'fpringen (fprang, gefprungen), to run up.
Anfpruch, m. (pl. ⸚e), claim.
an'ftellen, to make.
an'ftreben, to strive after.
Anteil, m. interest.
Antwort, f. (pl. -en), answer.
antworten, to answer.
an'vertrauen, fich, to entrust to.
Anwefenheit, f. presence.
anzünden, to light.
Apfel, m. (pl. ⸚), apple.
Apfelbaum, m. (pl. ⸚e), apple-tree.
arbeiten, to work.
Arbeiter, m. (pl. -), workman.
Arbeitsgenoffe, m. (pl. -n), fellow-worker.
Architekt', m. (pl. -en), architect.
architekto'nifch, architectural.
ärgerlich, angry.
arglos, innocent, unsuspicious.
arm, poor.
Arm, m. (pl. -e), arm.
arrangieren, to arrange.
artig, well-behaved, good.
ärztlich, medical, of a physician.
Afchbecher, m. (pl. -), ash-receiver.
atemlos, breathless.
auch, also.
auf (dat. or accus.), on, upon, for (time); up, at; auf und ab, up and down; auf... zu, up to.
Aufbietung, f. exertion.
auf'binden (band, gebunden), fich, to undertake.

auf'blafen (blies, geblafen), to blow up.
auf'blitzen, to flash up.
Aufenthalt, m. (pl. -e), retreat.
Aufenthaltsort, m. (pl. ⸚er), place of residence.
auf'fahren (fuhr, gefahren), to start.
auf'halten (hielt, gehalten), to keep.
auf'hören, to stop; ohne Aufhören, incessantly.
auf'lachen, to burst out laughing
Aufmerkfamkeit, f. (pl. -en), attention.
Aufnahme, f. (pl. -n), reception.
auf'nehmen (nahm, genommen), to take up, receive.
Aufregung, f. (pl. -en), excitement.
aufrichtig, sincere.
aufs = auf das.   [open.
auf'fchlagen (fchlug, gefchlagen), to
auf'fetzen, to put on.
auf'ftampfen, to strike the ground.
auf'ftehen (ftand, geftanden), to get up, rise.
auf'ftülpen, to put on.
auf'tauchen, to appear.
Auftrag, m. (pl. ⸚e), errand, commission.
auf'wachen, to awake.
auf'weifen (wies, gewiefen), to show forth, produce.
Auge, n. (gen. -s, pl. -n), eye.
Augenblick, m. (pl. -e), moment.
augenblicklich, present, immediately.

Augenbraue, *f.* (*pl.* -n), eye-brow.
augenscheinlich, evidently.
aus (*dat.*), out of, from. (*If joined to* **von** *it need not be translated.*)
aus'dehnen, to extend.
Ausdruck, *m.* (*pl.* "e), expression.
aus'drücken, to express.
aus'erwählen, to choose.
aus'fragen, to question.
aus'führen, to execute.
Ausgabe, *f.* (*pl.* -n), edition.
aus'holen, to prepare for.
aus'kosten, to enjoy to the end.
Ausnahme, *f.* (*pl.* -n), exception.
aus'schließen (schloß, geschlossen), to exclude.
ausschließlich, exclusively.
aus'sehen (sah, gesehen), to look.
Aussicht, *f.* (*pl.* -en), prospect.
aus'strecken, to stretch out.
aus'trinken (trank, getrunken), to drink out, empty.
Ausübung, *f.* practice.
außerdem, besides.
äußerst, very, extremely.
Autorität', *f.* (*pl.* -en), authority.

B.

Backe, *f.* (*pl.* -n), cheek.
backen (buk, gebacken), to bake.
Backenzahn, *m.* (*pl.* "e), molar tooth.
baden, to bathe.
bald, soon; **bald... bald,** now... now.

Ballholz, *n.* (*pl.* "er), ball-bat.
Band, *m.* (*pl.* "e), volume.
bange, homesick, afraid.
Bank, *f.* (*pl.* "e), bench.
bärbeißig, surly, grimly.
barsch, brusque.
Bart, *m.* (*pl.* "e), beard.
Bau, *m.* (*pl.* -e), building.
bauen, to build.
Bauerngütchen, *n.* (*pl.* -), little farm.
Baum, *m.* (*pl.* "e), tree.
Bauwerk, *n.* (*pl.* -e), building.
beachten, to heed.
beantworten, to answer.
bedauern, to pity, regret.
bedauernswert, pitiful.
bedeutend, considerable.
beeilen, sich, to hasten.
Beere, *f.* (*pl.* -n), berry.
befallen (befiel, befallen), to overcome, befall.
befehlen (befahl, befohlen), to command.
befinden (befand, befunden), **sich,** to be.
befolgen, to follow.
befreien, to release.
begeben (begab, begeben), **sich,** to go, betake one's self; to happen.
begehren, to desire.
begeistert, enthusiastic.
begießen (begoß, begossen), to water, pour water over.
beginnen (begann, begonnen), to begin.

begreifen (begriff, begriffen), to understand, comprehend.
begreiflicherweife, of course, conceivably.
begrüßen, to welcome.
behaglich, comfortable.
behandeln, to treat.
Behandlung, f. treatment.
bei (dat.), by, with, near, in, at the house of.
beide, both.
Beihilfe, f. assistance.
beißen (biß, gebiffen), to bite.
bejahrt, well on in years.
bekämpfen, to control, overcome.
Bekanntschaft, f. (pl. -en), acquaintance.
bekennen (bekannte, bekannt), to confess, acknowledge.
bekommen (bekam, bekommen), to receive.
bekräftigen, to corroborate.
belehren, to instruct, teach.
Beleidigung, f. (pl. -en), offence.
Beluftigung, f. (pl. -en), amusement.
bemerken, to notice.
Bemerkung, f. (pl. -en), remark.
Bengel, m. (pl. -), fellow, young scapegrace.
benutzen, to use.
beobachten, to watch.
berauben, to deprive of.
berechtigt, privileged.
bereit, ready.
bereiten, to make, prepare.
bereits, already.

bergauf', up hill.
beruhigen, to console; assure.
berühren, to touch, affect.
beschäftigen, sich, to occupy one's self.
Beschäftigung, f. (pl. -en), occupation.
beschäftigungslos, unoccupied, unemployed.
beschämt, ashamed.
Bescheid, m. information, answer.
Beschlagnahme, f. seizure.
beschließen (beschloß, beschlossen), to decide.
beschuldigen, to accuse.
Beschwerde, f. (pl. -n), complaint
beschwichtigen, to appease.
beschwören, to entreat.
besiegeln, to seal.
besiegen, to conquer, beat.
Besitz, m. possession.
besitzen (besaß, beseffen), to possess
Besitzer, m. (pl. -), possessor.
besonders, especially.
beßt, see gut.
beständig, continually.
bestehen (bestand, bestanden), to consist in (of).
Bestimmung, f. vocation.
besuchen, to visit.
bethätigen, sich, to assert one's self.
bethulich, affectionate.
betrachten, to regard, observe.
Betrachtung, f. (pl. -en), observation, contemplation.
betreiben (betrieb, betrieben), to carry on.

betreff, in —, regarding.
betreten (betrat, betreten), to enter, step in.
betreten, disturbed, perplexed.
betrübt, sad, distressing.
Bett, n. (gen. -es, pl. -en), bed.
Bettchen, n. (pl. -), little bed.
Bettkante, f. (pl. -n), bed-post.
bewundern, to admire.
Bewunderung, f. admiration.
bezaubernd, fascinating.
Beziehung, f. (pl. -en), respect, reference.
Biene, f. (pl. -n), bee.
bieten (bot, geboten), to offer.
bilden, to form, make.
Bildungsanstalt, f (pl. -en), educational institution.
bis (acc.), till, until.
bisweilen, sometimes.
bißchen, a little, bit.
Bitte, f. (pl. -n), request, entreaty.
bitter, bitter.
Blässe, f. paleness, pallor.
blaß, pale.
Blatt, n. (pl. "er), leaf.
blau, blue.
bleiben (blieb, geblieben), to remain, stay; bleiben bei, persist in, stick to.
blenden, to blind, dazzle.
Blick, m. (pl. -e), look, glance.
blitzschnell, quick (as lightning).
bloß, only.
Blume, f. (pl. -n), flower.
Blüte, f. (pl. -n), blossom.
Bock, m. (pl. "e), box.

Boden, m. (pl. "), ground; garret.
bohren, to bore.
böse, angry.
Botmäßigkeit, f. sway, dominion.
Brauchbarkeit, f. utility.
brauchen, to need.
Braut, f. (pl. "e), bride, betrothed.
Bravo! bravo!
brechen (brach, gebrochen), to break.
breit, broad.
brennen (brannte, gebrannt), to burn.
Briefmarke, f. (pl. -n), stamp.
Briefmarkensammlung, stamp collection.
Brille, f. (pl. -en), spectacles.
bringen (brachte, gebracht), to bring, take; bringen um, to deprive of.
Brot, n. (pl. "e), bread.
Bruder, m. (pl. "), brother.
Brüderchen, n. (pl. -), little brother.
Bruderkampf, m. (pl. "e), brotherly combat.
Brust, f. (pl. "e), breast.
Buch, n. (pl. "er), book.
Bücherschrank, m. (pl. "e), bookcase.
buchstäblich, literally.
Bulletin, n. news.
Burg, f. (pl. -en), castle.
Busch, m. (pl. "e), bush.
buschig, bushy.

VOCABULARY.

C.

Charak'ter, *m.* (*pl.* Charakte're), character
Cigar're, *f.* (*pl.* -n), cigar.

D.

da, there; since, as; then.
dabei, by, with it, at the same time.
Dachkammer, *f.* (*pl.* -n), roof-chamber; attic.
dagegen, on the other hand; against it.
daher, therefore.
Dame, *f.* (*pl.* -n), lady.
da'mit, with that; **damit'**, with it; in order that.
dankbar, thankful.
dann, then, thereupon.
dannen (von), away, off.
darauf, on it; thereupon.
darf, see dürfen.
darin, in it.
darüber, about it, over it.
darunter, under it.
Dasein, *n.* existence.
daselbst, there.
daß, that.
datieren, to date.
Dauerhaftigkeit, *f.* durability.
davon'gehen (ging, gegangen), to go away.
davon'sausen, to whiz away.
dawider, against it.
dazu', to it; dazu kommen, to add.
dein, thy, your.
Delphin', *m.* (*pl.* -e), dolphin.
dementsprechend, accordingly.
demgemäß, accordingly, thus.
demnächst, soon, shortly, before long.
denken (dachte, gedacht), to think.
denn, then, for.
der, die, das, the; who, which, what; he, she, it; this, that.
derartig, such, in such a manner.
derselbe, the same.
desgleichen, the same, likewise.
deshalb, therefore.
dessen, his.
deuten, to point.
deutlich, distinct.
diabo'lisch, diabolical.
dicht, close, thick.
dick, thick.
Dienstbote, *m.* (*pl.* -n), servant.
dies, this.
diploma'tisch, diplomatic.
doch, indeed, nevertheless, still, yet, at least, after all.
Dok'tor, *m.* (*pl.* Dokto'ren), doctor.
Donner, *m.* thunder.
Dorf, *n.* (*pl.* ⸺er), village.
Dorfjunge, *m.* (*pl.* -n), village boy.
dort, there.
draußen, outside, out of doors.
drehen, to turn.
drei, three.
dreist, fearless, bold.
bringen (drang, gedrungen), to enter, make one's way.
drücken, to press.

bu, thou, you.
bulben, to suffer.
bumm, stupid.
Dummheit, *f.* (*pl.* –en), foolish tricks; Dummheiten machen, to make mischief.
bunkel, dark.
bunkelrot, dark red.
burch (*acc.*), through, by.
burchaus nicht, not at all.
burchbohren, to penetrate.
burcheinander, through each other.
bürfen (burfte, geburft), may, to be allowed.

E.

eben, just.
ebenfalls, likewise; also.
ebenso, just so, just as.
Ecke, *f.* (*pl.* –n), corner.
ebel, noble.
eher, sooner.
Ehre, *f.* honor; zu Ehren, in honor of.
ehrenhalber, for dignity's (appearance') sake.
Ehrenmann, *m.* (*pl.* –leute), honorable.
Eiche, *f.* (*pl.* –n), oak-tree.
Eifer, *m.* zeal, excitement.
eigen, peculiar, own.
eigentlich, really.
Eigentum, *n.* (*pl.* ⸚er), property.
Eigentüm'lichkeit, *f.* (*pl.* –en), peculiarity.
Eile, *f.* haste.

eilfertig, quickly, hurried.
eilig, hasty, speedy.
ein, a, an.
einander, one another.
ein'bilden, sich, to imagine.
Eindringling, *m.* (*pl.* –e), intruder.
einerlei, no matter.
einfach, simple.
ein'fallen (fiel, gefallen), to occur to.
ein'finden (fand, gefunden), sich, to come, appear.
einige, some.
ein'laden (lud, geladen), to invite.
ein'legen, to put up. Fürbitte einlegen, to interpose.
ein'mal, once; einmal', just.
ein'packen, to put up.
ein'pumpen, to pump into.
ein'rosten, to rust.
Eins, one.
einsam, alone, lonely.
Einsamkeit, quiet, solitude.
einschlafen (schlief, geschlafen), to fall asleep.
ein'sperren, to lock up.
ein'treten (trat, getreten), to enter.
einverstanden, agreed.
einzig, only, single.
Eisenbahnkoupée, *n.* (*pl.* –s), railroad car compartment.
Eisenbahnstation, *f.* (*pl.* –en), railway station.
eisern, iron.
Element', *n.* (*pl.* –e), element.
Eltern, *pl.* parents.

Elternhaus, *n.* (*pl.* "er), parental house, home.
empfinden (empfand, empfunden), to feel, experience.
Empfindung, *f.* (*pl.* -en), feeling, sensation.
empor'klimmen (klomm, geklommen), to climb up.
empört, indignant.
Empörung, *f.* indignation.
Emsigkeit, *f.* assiduity, zeal.
Ende, *n.* (*gen.* -s, *pl.* -n), end; zu Ende, at an end.
enden, to end.
endgültig, final.
endlich, at last, finally.
endlos, endless.
Engel, *m.* (*pl.* -), angel.
Engelsköpfchen, *n.* (*pl.* -), angel's head.
entbehren, to do without.
entdecken, to discover.
entfernen, to remove; (*ref.*) to withdraw, leave.
entfliehen (entfloh, entflohen), to escape.
entgegengesetzt, opposite.
entgegen'kommen (kam, gekommen), to come to meet.
entgehen (entging, entgangen), to escape.
enthalten (enthielt, enthalten), to forbear, abstain; contain.
entheben (enthob, enthoben), to relieve.
entheiligen, to desecrate.
Enthusias'mus, *m.* enthusiasm.

entlang, along.
entlocken, to draw from.
Entrüstung, *f.* indignation.
entscheiden (entschied, entschieden), to decide.
entschieden, decided; aufs aller Entschiedenste, decidedly.
Entschiedenheit, *f.* decision.
Entschluß, *m.* (*pl.* "sse), decision.
entsetzlich, terrible.
entstehen (entstand, entstanden), to arise.
Enttäuschung, *f.* (*pl.* -en), disappointment.
Entwickelungsgeschichte, *f.* history of evolution.
entwischen, to escape.
entziehen (entzog, entzogen), to deprive of, take away.
Entzücken, *n.* delight.
entzwei, in two.
Erbarmen, *n.* pity.
erblicken, to behold.
Erdbeere, *f.* (*pl.* -n), strawberry.
Erdboden, *m.* ground.
Erde, *f.* earth.
erfahren (erfuhr, erfahren), to learn.
Erfahrung, *f.* (*pl.* -en), experience.
erfassen, to seize.
erfreut, glad, delighted, pleased.
erfüllen, to fulfil.
ergänzen, to add.
ergeben, to prove (to be).
ergreifen (ergriff, ergriffen), to seize; Besitz ergreifen, to take possession.

erhalten (erhielt, erhalten), to receive.
erheben (erhob, erhoben), sich, to rise, get up.
erhoffen, to hope for, expect.
erholen, sich, to recover.
erklären, to declare.
erklimmen (erklomm, erklommen), to climb.
erlangen, to obtain.
erlauben, to allow.
Erlebnis, n. (pl. -sse), experience.
erleichtern, to relieve.
Erleichterung, f. relief.
ermüdet, tired.
ernsthaft, serious.
erreichen, to reach.
Ersatz, m. (pl. "e), compensation.
erscheinen (erschien, erschienen), to appear.
erschrecken (erschrak, erschrocken), to frighten.
erschwerend, aggravating.
erst, first, only, not until; zum erstenmal, for the first time.
Erstaunen, n. astonishment.
Erstbesitzer, m. (pl. -), first possessor.
erstehen (erstand, erstanden), to buy.
ersteigen (erstieg, erstiegen), to mount.
erstens, in the first place.
erstreben, to desire.
ertragen (ertrug, ertragen), to bear, stand, endure.
erwachsen (erwuchs, erwachsen), to grow (up).

erwähnen, to mention, refer to.
Erwartung, f. (pl. -en), expectation.
erwecken, to arouse, to awaken.
erweisen (erwies, erwiesen), to show, to prove.
erwidern, to reply.
Erwiderung, f. (pl. -en), reply.
Erynn'nie, f. (pl. -n), Fury.
erzählen, to tell.
essen (aß, gegessen), to eat.
Eßvorrat, m. (pl. "e), provision.
etwa, about, somewhat.
etwas, something, somewhat, a little.
Exemplar', n. (pl. -e), specimen.
Exerzi'tium, n. (pl. -ien), exercise.

F.

fädeln, to thread.
fahren (fuhr, gefahren), to drive, go.
Fahrt, f. (pl. -en), journey.
Fall, m. (pl. "e), case.
falten, to fold.
Fami'lie, f. (pl. -n), family.
Familienleben n. family-life.
Farbe, f. (pl. -n), colour.
fassen, to grasp; einen Entschluß fassen, to come to a determination.
fast, almost.
fasten, to fast.
fatal', fatal, disagreeable.
Faust, f. (pl. "e), fist.

VOCABULARY.

fehlen, to be absent, to be wanting, to miss.
feiern, to celebrate, honor.
Feld, n. (pl. -er), field.
Fenster, n. (pl. -), window.
Ferien, pl. vacation, holidays.
Ferſengeld, n. Ferſengeld geben, to take to one's heels, run away.
fertig, ready.
Fertigkeit, f. (pl. -en), skill.
feſſeln, to fetter, interest.
feſt, sound, fast, firm.
Feſtigkeit, f. firmness.
feſt'ſtehen (ſtand, geſtanden), to be settled.
feſt'ſtellen, to decide.
fidel', merry.
finden (fand, gefunden), to find.
Fingerhut, m. (pl. "e), thimble.
finſter, dark, gloomy.
fleckenlos, spotless.
flehen, to beseech, implore.
Fleiſchbrett, n. (pl. -er), chopping-board.
flimmern, to glisten, glitter.
flink, quick, alert.
flüchten, to flee.
Flur, m. (pl. -e), hall.
flüſtern, to whisper.
Flußbad, n. (pl. "er), bath in the river.
folgen, to follow.
fördern, to benefit, further.
Form, f. (pl. -en), form.
forſchen, to investigate, search.
fort, away.

fort'fahren (fuhr, gefahren), to continue.
Fortſchritt, m. (pl. -e), progress.
Frage, f. (pl. -n), question; eine Frage ſtellen, to ask a question.
fragen, to ask.
Frau, f. (pl. -en), woman; Mrs.
Frechheit, f. (pl. -en), impudence.
freilich, to be sure, certainly.
fremd, strange.
freſſen (fraß, gefreſſen), to eat, devour.
Freude, f. (pl. -n), joy, pleasure.
freudeglitzernd, beaming with joy.
freuen, ſich, to be happy, to be pleased, to rejoice.
Freund, m. (pl. -e), friend.
Freundin, f. (pl. -nen), friend.
freundlich, friendly.
Freundſchaft, f. (pl. -en), friendship.
friedlich, peaceful.
friſch, gay, fresh, bright.
Fritz (abb. of Friedrich), Fred.
fröhlich, joyful.
früher, formerly.
Frühſtück, n. (pl. -e), breakfast.
frühſtücken, to breakfast.
Frühſtückszimmer, n. (pl. -), breakfast-room.
Führerin, f. (pl. -nen), guide.
Füllen, n. (pl. -), colt.
fünf, five.
für (acc.), for, to.
Fürbitte, f. (pl. -n), intercession; Fürbitte einlegen, to intercede.
Furcht, f. fear.

furchtbar, fearful.
fürchten, sich, to be afraid of, to fear.
Fuß, m. (pl. ⸗e), foot.
Fußzehe, f. (pl. -n), toe.

G.

ganz, whole, entire; quite.
gänzlich, complete, entire.
gar, very; gar nicht, not at all.
Garten, m. (pl. ⸗), garden.
Gartenbank, f. (pl. ⸗e), garden-bench.
Gast, m. (pl. ⸗e), guest.
Gastfreund, m. (pl. -e), host.
Gattung, f. (pl. -en), species.
geben (gab, gegeben), to give; es giebt, there is, there are.
geboren, born.
Gedächtnis, n. memory.
Gedanke, m. (pl. -n), thought, idea.
gedeihen (gedieh, gediehen), to progress.
gedrückt, oppressed, anxious.
geeignet, suitable.
Gefährt, n. (pl. -e), vehicle.
Gefährte, m. (pl. -n), companion.
gefallen (gefiel, gefallen), to please; sich gefallen lassen, to put up with, submit to.
Gefühl, n. (pl. -e), feeling.
gegabelt, bifurcated.
gegen (acc.), against, toward, to.
Gegengrund, m. (pl. ⸗e), reason against.

gegenseitig, mutual, one another.
Gegenstand, m. (pl. ⸗e), object, subject.
gegenüber, dat., opposite.
geheiligt, holy, sacred.
geheimnisvoll, mysterious.
Geheiß, n. (pl. -e), request.
gehen (ging, gegangen), to go.
gehören, to belong.
gelangen, to get.
Geld, n. (pl. -er), money.
Gelegenheit, f. (pl. -en), opportunity.
gelten (galt, gegolten), to pass for.
Gemach, n. (pl. ⸗er), room.
gemeinsam, together, in common.
gemessen, in a measured tone of voice.
gemütlich, comfortable.
genau, exact.
Generation', f. (pl. -en), generation.
Genesung, f. recovery.
genießen (genoß, genossen), to enjoy.
genug, enough.
genügen, to satisfy.
Genuß, m. (pl. ⸗sse), pleasure.
Gepäck, n. baggage, luggage.
gerade, just, exactly.
geradezu, out and out, downright.
geraten (geriet, geraten), to get.
Geräusch, n. (pl. -e), noise.
geräuschvoll, noisily.
gern, gladly; gern haben, to like.
gerührt, moved, affected, with emotion, compassionately.

Gerümpel, *n.* rubbish.
Geschäft, *n.* (*pl.* -e), business.
geschehen, to happen.
gescheit, clever; nicht recht gescheit, not in his right mind.
Geschicklichkeit, *f.* skill.
Geschöpf, *n.* (*pl.* -e), creature.
Geschwindigkeit, *f.* agility.
Geschwister, *pl.* brother and sister.
Gesicht, *n.* (*pl.* -er), face.
Gestalt, *f.* (*pl.* -en), figure.
gestern, yesterday.
gewandt, clever.
gewinnen (gewann, gewonnen), to gain.
gewiß, certain.
gewöhnen, sich, to become accustomed to.
Gewohnheit, *f.* (*pl.* -en), custom.
gewohnt (gewöhnt), accustomed.
giftig, venomous.
gipfeln, to reach its height.
Gipfelpunkt, *m.* (*pl.* -e), highest point, height, climax.
Glas, *n.* (*pl.* "er), glass.
glauben, to believe.
gleich, equal, alike.
gleichgestimmt, congenial.
Gleichgültigkeit, *f.* indifference.
gleichmäßig, equal, even.
gleichsam, like as if.
gleichzeitig, simultaneous.
Glück, *n.* luck, fortune; zum Glück, fortunately.
glücken, to succeed.
glücklich, happy.
glückselig, happy.
Glückseligkeit, *f.* happiness.

Glückseligkeitsinsel, *f.* (*pl.* -n), island of bliss.
glückstrahlend, radiant, beaming with happiness.
glühen, to glow.
glühend, ardently.
Gnade, *f.* grace.
Gott, *m.* (*pl.* "er). God.
Gottlieb, Theophilus.
Gras, *n.* (*pl.* "er), grass.
grasen, to graze, run wild.
greifen (griff, gegriffen), nach, to take, grasp, seize.
grenzenlos, boundless.
Griff, *m.* (*pl.* -e), handle.
Grimmasse, *f.* (*pl.* -n), grimaces: Grimassen schneiden, to make faces.
grinsen, to grin.
Grinsen, *n.* grin.
grollen, to roll.
groß, great, large, tall.
großköpfig, big-headed.
grün, green.
Grund, *m.* (*pl.* "e), bottom: zu Grunde gehen, to perish.
grundsätzlich, on principle.
gucken, to look.
Gummi-Genickrolle, *f.* (*pl.* -n), rubber pillow.
Gummirolle, *f.* (*pl.* -n), rubber pillow.
Gut, *n.* (*pl.* "er), possession.
gut (besser, best), good.
gutmütig, kind-hearted, good-natured.

VOCABULARY.

H.

Haar, n. (pl -e), hair.
Haartracht, f. (pl. -en), mode of dressing the hair.
Habe, f. possession.
haben (hatte, gehabt), to have.
Hagel, m. hail.
Hagelwetter, n. hail-storm.
Hahn, m. (pl. ⸚e), faucet, valve.
Haken, m. (pl. —), hook.
halb, half.
halbgelähmt', half-paralyzed.
halblaut', half-loud, in a low tone.
Hals, m. (pl. ⸚e), neck.
halten (hielt, gehalten), to stop.
Hand, f. (pl. ⸚e), hand.
handeln, to act.
hangen or hängen (hing, gehangen), to hang.
Hanne (abbr. of Johanne), Jane.
haspeln, to wind (on a reel).
hastig, hastily.
Haß, m. hatred.
Haupt, n. (pl. ⸚er), head.
hauptsäch'lich, chiefly.
Hauptsport, m. capital sport.
Hauptweg, m. (pl. -e), main road.
Haus, n. (pl. ⸚er), house; zu Hause, at home.
Hausarzt, m. (pl. -ärzte), family [physician.
Häusel, n. (pl. -), little house.
Hausflur, m. (pl. -e), hall.
Hausfrau, f. (pl. -en), housewife.
Hausgenosse, m. (pl. -n), inmate of the same house.
Haushalt, m. household.

Hausherr, m. (pl. -en), head of the house.
Häuslichkeit, f. household.
Hausthür, f. (pl. -en), house-door.
Haustier, n. (pl. -e), domestic animal.
Haut, f. (pl. ⸚e), skin.
heben (hob, gehoben), to raise.
heftig, violent.
Heimatfreude, f. (pl. -en), longing for home.
heimlich, secret.
heiraten, to marry.
heiß, hot.
heißen (hieß, geheißen), to mean, to be called, to be said.
heißersehnt, ardently desired.
Held, m. (pl. -en), hero.
helfen (half, geholfen), to help.
hell, clear, bright.
Hemdsärmel, m. (pl. -), shirt-sleeve.
her, here, hither, along; von (dat.) ... her, from, in the direction from.
herab'hangen (hing, gehangen), to hang down.
herab'rutschen to slide down.
heran, up.
heran'kommen (kam, gekommen), to approach.
heran'wachsen (wuchs, gewachsen), to grow up.
heraus'lassen (ließ, gelassen), to let out.
heraus'platzen, to burst out (laughing).

heraus'ziehen (zog, gezogen), to draw out.
herbei'kommen (kam, gekommen), to come up.
Herd, m. (pl. -e), hearth.
herein'fallen (fiel, gefallen), to have made a mistake.
herein'stürzen, to rush in.
herein'treten (trat, getreten), to step in, enter.
her'geben (gab, gegeben), to give up.
Herr, m. (pl. -en), gentleman, Lord, Mr.
herrlich, capital, splendid.
herum'laufen (lief, gelaufen), to run about.
herum'streifen, to roam about.
herum'tragen (trug, getragen), to carry about.
herunter, down.
herunter'werfen (warf, geworfen), to throw down.
hervor'bringen (brachte, gebracht), to bring forth.
hervor'rufen (rief, gerufen), to call forth, produce.
Herz, n. (gen. -ens, pl. -en), heart.
herzhaft, hearty, bold.
herzlos, heartless.
hetzen, to chase.
Heu, n. hay.
heulen, to howl.
heut(e), to-day.
heutig, of to-day.
heutzutage, now-a-days.
Hexenprozeß, m. (pl. -sse), trial of witches.

hier, here.
hilfeflehend, helpless, beseeching help.
hilflos, helpless.
Hilfsmittel, n. (pl. -), means.
Himmel, m. (pl. -), heaven, sky.
hin, to, away; vor sich hin, to himself; hin und her, to and fro.
hinab'steigen (stieg, gestiegen), to descend.
hinauf, up stairs.
hinaus, out.
hinaus'flitzen, to flit out.
hin'bringen (brachte, gebracht), to take there.
hindurch, through.
hinein, into, in.
hin'halten (hielt, gehalten), to hold out to.
hinter (dat. and acc.), behind.
Hinterbein, n. (pl. -e), hind leg.
hinterlassen (hinterließ, hinterlassen), to leave behind.
Hintertreffen, m. rear-guard.
hinzu'setzen, to add.
Hitze, f. heat.
Hm! ahem!
hoch, high.
hochangesehen, highly respected.
hochauf'atmen, to breathe deeply.
hochbeglückt', very happy.
hochkri'tisch, very critical.
hoffen, to hope.
Hoffnung, f. (pl. -en), hope.
Höhe, f. (pl. -n), height; in die Höhe, up.

holen, to fetch, get.
Holztreppe, f. (pl. -n), wooden stair-case.
horchen, to listen.
hören, to hear.
hübsch, pretty, handsome.
Hund, m. (pl. -e), dog.
Hunger, m. hunger.
hüpfen, to hop.
Husar', m. (pl. -en), Hussar.
husten, cough.
Hut, m. (pl. ⁻e), hat.
Hütchen, n. (pl. -), little hat.
hüten, to look out for; (ref.) to guard against.

J.

ich, I.
Ideal', n. (pl. -e), ideal.
iden'tisch, identical.
idyl'lisch, ideal.
ihm, to him.
ihn, him.
Ihnen, to you.
ihr, her, their.
im = in dem.
immer, always.
improvisiert', improvised.
in (dat. and accus.), in, into.
Inbegriff, m. (pl. -e), sum total.
indem, while, whilst.
ineinander, into one another.
ins = in das.
interessant', interesting.
Interes'se, n. interest.
Intermez'zo, n. intermezzo.
inzwischen, meanwhile.

irden, earthen.
irdisch, earthly.
irgend, any.
irgendwo, somewhere.
Irrtum, m. (pl. ⁻er), mistake.

J.

ja, yes, why! you know, well! to be sure, indeed.
jäh, sudden.
Jahr, n. (pl. -e), year.
Jawort, n. consent.
je, ever.
jed, every, each, any, every one.
jedesmal, every time.
jemand, somebody.
jetzt, now.
jung, young; der Junge, boy.
Jungensgesicht, n. (pl. -er), boy's face.
Junggeselle, m. (pl. -n), bachelor.
Junggesellenleben, n. life of a bachelor.
Junggesellenwirtschaft, f. bachelor's household.
Justiz'rat, m. (pl. -räte), councillor of justice.
Justiz'rätin, f. (pl. -nen), wife of the councillor of justice.

K.

Kaffee, m. coffee.
Kaffeegeschirr, n. (pl. -e), coffee-service.

Kaffeemaschine, *f.* (*pl.* -n), coffee-machine.
Käfig, *m.* (*pl.* -e), cage.
kaiserlos, without emperors, uncontrolled; die kaiserlose Zeit, Interregnum.
kalt, cold.
Kaltblütigkeit, *f.* coolness.
kann, see können.
katzengleich, cat-like.
kaum, scarcely.
Kehle, *f.* (*pl.* -n), throat.
kehren, to turn; Kehrt machen, wheel around.
kein, no; not any.
keiner, nobody.
keinerlei, no kind of.
kennen (kannte, gekannt), to know.
kennzeichnen, to characterize.
Kerl, *m.* (*pl.* -e), fellow.
Kette, *f.* (*pl.* -n), chain.
Kies, *m.* gravel.
Kind, *n.* (*pl.* -er), child.
Kinderart *f.* (*pl.* -en), child-fashion.
Kindergesicht, *n.* (*pl.* -er), child's face.
Kinderstimme, *f.* (*pl.* -n), child's voice.
Kinderzimmer, *n.* (*pl.* -), nursery.
Kindheit, *f.* childhood.
kindlich, childlike, filial.
Kinn, *m.* (*pl.* -e), chin.
Kirsche, *f.* (*pl.* -n), cherry.
Kissen, *n.* (*pl.* -), pillow, cushion.
Kittel, *m.* (*pl.* -), jacket.
klagen, to complain.
kläglich, doleful, miserable.
Klassenlehrer, *m.* (*pl.* -), teacher of the class.
klatschen, to clap.
Klausel, *f.* (*pl.* -n), clause.
Kleener (= Kleiner), little one.
klein, small, little; das Kleine, the little one.
kleinlaut, dejected.
klettern, to climb.
klirren, to rattle.
klopfen, to clap, knock.
Knie, *n.* (*pl.* -e), knee.
Knochenplättchen, *n.* (*pl.* -), bone-plate.
Knorren, *m.* (*pl.* -), knot.
kochen, to cook.
Köchin, *f.* (*pl.* -nen), cook.
Kochlöffel, *m.* (*pl.* -), ladle.
Koffer, *m.* (*pl.* -), trunk.
kommen (kam, gekommen), to come.
können (konnte, gekonnt), can, to be able, may.
Konversations'lexikon, *m.* (*pl.* -ka), encyclopædia.
Kopf, *m.* (*pl.* "e), head.
Kopfkissen, *n.* (*pl.* -), pillow.
Korb, *m.* (*pl.* "e), basket.
Körbchen, *n.* (*pl.* -), little basket.
Kraft, *f.* (*pl.* "e), force, strength.
Krankenstube, *f.* (*pl.* -n), sick-room.
kratzen, to scratch.
Kreatur', *f.* (*pl.* -en), creature.
kreischen, to shriek.
kriechen (kroch, gekrochen), to creep
kriegen, to get.

krümmen, sich, to double up.
Küche, f. (pl. -n), kitchen.
Kuchen, m. (pl. -), cake.
Küchenlampe, f. (pl. -n), kitchen lamp.
Küchenschürze, f. (pl. -n), kitchen apron.
Küchenthür, f. (pl. -en), kitchen door.
Kuckuck, m. (pl. -e), cuckoo.
Kuh, f. (pl. "e), cow.
kühl, cool.
kulina'risch, culinary.
Kultur', f. civilization.
Kummer, m. sorrow, grief.
kümmern um, sich, to trouble one's self about.
Kunst, f. (pl. "e), art.
Kunstausdruck, m. (pl. -brücke), technical term.
kunstgerecht, artistic.
Künstler, m. (pl. -), artist.
kurz, short, close.
Kutsche, f. (pl. -n), coach.
Kutscher, m. (pl. -), coachman.

L.

lächeln, to smile.
lachen, to laugh.
lächerlich, ridiculous.
Lage, f. (pl. -n), situation.
Lampe, f. (pl. -n), lamp.
Land, n. (pl. "er), country.
Landleben, n. country-life.
Landstraße, f. (pl. -n), highway.

lang, long; vier Wochen lang, for four weeks.
lange (adv.), long.
langsam, slow.
Lärm, m. noise, hubbub.
lärmend, noisy.
lassen (ließ, gelassen), to let, allow, have (something done).
Last, f. (pl. -en), weight, trouble.
laufen (lief, gelaufen), to run.
Läufer, m. (pl. -), stair carpet.
Laune, f. (pl. -n), humor.
laut, loud, aloud.
lauten, to sound, be.
lauter, nothing but.
leben, to live.
Leben, n. life.
Lebensjahr, n. (pl. -e), year (of life).
lebhaft, vivid, great.
legen, to lay.
lehnen, to lean.
Lehre, f. theory, instruction.
Leib, m. (pl. -er), body.
leicht, light, thin, easy.
leiden (litt, gelitten), to suffer, to allow; leiden mögen, to like.
leider, alas, unfortunately.
Leinen, linen.
Leinenanzug, m. (pl. "e), linen suit.
leise, low, silent, gentle.
leisten, to accomplish.
Leistung, f. (pl. -en), achievement.
leiten, to guide.
Leiter, f. (pl. -n), ladder.

lernen, to learn.
letzt, last; der letztere, the latter.
Leute, *pl.* people.
Licht, *n.* (*pl.* -er), candle.
lieb, dear.
Liebe, *f.* love.
lieben, to love.
lieber, rather, better.
Liebesgeschichte, *f.* (*pl.* -n), love-story.
liebevoll, loving.
lieblich, lovely.
Liebling, *m.* (*pl.* -e), pet, favorite.
liegen (lag, gelegen), to lie.
Linde, *f.* (*pl.* -n), linden-tree.
Lindenbaum, *m.* (*pl.* "e), linden-tree.
Lippe, *f.* (*pl.* -n), lip.
Loch, *n.* (*pl.* "er), hole.
Lokalität, *f.* (*pl.* -en), locality.
Lokomotive, *f.* (*pl.* -n), locomotive.
Löschblatt, *n.* (*pl.* "er), blotter.
losgehen (ging, gegangen), to begin, to start.
loslassen (ließ, gelassen), to let loose.
losreißen (riß, gerissen), to tear apart.
Luft, *f.* (*pl.* "e), air.
Lunge, *f.* (*pl.* -n), lungs.
Lungenkraft, *f.* (*pl.* "e), lung-power.
lustig, merry.

M.

machen, to make, do.
mächtig, mighty, big.
Mädchen, *n.* (*pl.* -), girl.
mag, see mögen.
Mal, *n.* (*pl.* -e), time.
mal, see einmal.
Malaga, *m.* Malaga wine.
malen, to paint.
malträtie'ren, to abuse.
Mama, *f.* (*pl.* -s), mother, mamma.
man, one, they, people.
manchmal, sometimes.
Mann, *m.* (*pl.* "er), man.
männlich, manly.
Maschi'ne, *f.* (*pl.* -n), machine.
Masern, *pl.* measles; Masern-Rekonvaleszent, recovering from the measles.
masernkrank, sick with the measles.
maßlos, boundless.
Material', *n.* (*pl.* -e), material.
Mauerritze, *f.* (*pl.* -n), crevice in the wall.
mausstahl, bald (as a mouse).
Medizin', *f.* (*pl.* -en), medicine.
Meerschwein, *m.* (*pl.* -e), guinea pig, porpoise.
Meerschweinchen, *n.* (*pl.* -), guinea pig.
Meerviecher guinea pigs.
mehr, more; nicht mehr, no longer.
mein, my.
meinen, to mean.
melken (molk, gemolken), to milk.

Mensch, m. (pl. -en), man, human being.
Menschenbrust, f. (pl. "e), human breast.
Menschenkenner, m. (pl. -), judge of human nature.
merken, to notice.
Miene, f. (pl. -n), mien, expression, face.
Mienenspiel, n. play of expression.
mild, mild.
mindestens, at least.
Mine (abb. of Wilhelmine), Minnie.
Minu'te, f. (pl. -n), minute.
mischen, to mix.
Mißbilligung, f. disapprobation.
mißgönnen, to begrudge.
Mißstimmung, f. discordance.
mit (dat.), with.
mi'einander, with one another, together.
mit'nehmen (nahm, genommen), to take with one.
Mittagshitze, f. midday heat.
Mitte, f. (pl. -n), middle.
mit'teilen, to tell.
Mitteilung, f. (pl. -en), news, intelligence.
mitten, in the middle.
Möbel, n. (pl. -), furniture.
Mode, f. (pl. -n), fashion.
mögen (mochte, gemocht), may, to like.
möglich, possible.
Moment', m. (pl. -e), moment.

Mordsjunge, m. (pl. -n), splendid fellow.
Morgen, m. (pl. -), morning.
Morgenanzug, m. morning toilet.
müde, tired.
Mühe, f. (pl. -n), difficulty.
Mühle, f. (pl. -n), mill, game of mill.
mühsam, laborious, with difficulty.
Mund, m. mouth.
munkeln, to whisper.
Munterkeit, f. merriment.
müssen (mußte, gemußt), must, to have to, to be compelled to, to be forced.
mustern, to examine.
Mutter, f. (pl. "), mother.
Mütze, f. (pl. -n), cap.

N.

Na, well!
nach (dat.), after, according to, to; nach und nach, gradually.
nach'ahmen, to imitate.
nachdem, after.
nachdenklich, thoughtful.
Nachdruck, m. emphasis.
nachdrücklich, emphatic, with emphasis.
Nachforschung, f. (pl. -en), investigation, search.
nach'geben (gab, gegeben), to yield.
nach'gehen (ging, gegangen), to pursue.
nach'harken, to rake after some one.

nach'holen, to make up for.
Nachmittag, m. (pl. -e), afternoon.
nach'rühmen, to say in praise of.
nach'schieben (schob, geschoben), to shove after.
nach'schleichen (schlich, geschlichen), to spy, follow secretly.
nach'sinnen, to meditate.
nächst, next.
Nacht, f. (pl. "e), night.
Nagel, m. (pl. "), nail.
nagen, to gnaw.
Nahen, n. approach.
nämlich, namely.
Narr, m. (pl. -en), fool.
naß, wet.
Natur', f. (pl. -en), nature.
Natur'geschichtswerk, n. (pl. -e), work on natural history.
natür'lich, of course, naturally.
neben (dat. and acc.), near, next to, beside.
nebenbei, besides.
nebenher, alongside.
nee, dialect for nein.
nehmen (nahm, genommen), to take.
Neid, m. envy.
Neigung, f. (pl. -en), desire, inclination.
nein, no.
neu, new.
nicht, not.
nichts, nothing.
nicken, to nod.
nie, never.
niedlich, pretty.

niemand, nobody.
noch, still, yet; noch nicht, not yet; noch nie, never yet; noch einmal, once more.
Notleine, f. (pl. -n), bell rope.
Nüan'ce, color.
nun, now; well.
nur, only; (with imperative) just, please.

O.

O! oh!
ob, whether; als ob, as if.
oben, above; bis oben, to the top.
Oberboden, m. (pl. "), top garret.
oberflächlich, superficial.
Obst, n. fruit.
Obstbaum, m. (pl. "e), fruit-tree.
oder, or.
offen, open.
öffnen, to open.
oft, often.
ohne (acc.), without.
Ohr, n (gen. -s, pl. -en), ear.
Ohrring, m. (pl. -e), ear-ring.
Onkel, m. (pl. -), uncle.
Opfer, n. (pl. -), sacrifice.
ordentlich, right, well, decent.
Ordina'rius, m. teacher of the class.
Ordnung, f. order.
orientie'ren, sich, to find one's bearings.
Ostern, pl. Easter.
Otter, f. (pl. -n), otter.

VOCABULARY.

P.

Paar, *n.* (*pl.* -e), couple; ein paar, a few; ein paar mal, a few times.
Palais', *n.* (*pl.* -), palace.
papier'eingefaßt, paper-framed.
Papier'helm, *m.* (*pl.* -e), paper-helmet.
Papier'korb, *m.* (*pl.* "e), waste-paper basket.
Paradies', *n.* paradise.
Pause, *f.* (*pl.* -n), pause.
Perle, *f.* (*pl.* -n), bead.
Perlenfädeln, *n.* threading of beads.
Perpendi'kel, *n.* (*pl.* -), pendulum.
Person', *f.* (*pl.* -en), person.
persön'lich, personal.
Persön'lichkeit, *f.* (*pl.* -en), personality.
Petschaft, *n.* (*pl.* -e), seal.
Pfeife, *f.* (*pl.* -n), pipe.
Pfeifenrohr, *n.* (*pl.* -e), pipe-stem.
Pferd, *n.* (*pl.* -e), horse.
Pferdeleine, *f.* (*pl.* -n), reins.
Pfiff, *m.* (*pl.* -e), whistle.
pfiffig, cunning, sly.
Pflegebefohlene, *m.* (*pl.* -n), charge, protégé.
Pflichtvergessenheit, *f.* negligence.
pflücken, to pick, gather.
pfui! fie! for shame!
Plaidrolle, *f.* (*pl.* -n), shawl.
Pläsier', *n.* pleasure.
platt, flat.
Platz, *m.* (*pl.* "e), seat.
plinken, to wink.
plötzlich, suddenly.
portraitie'ren, sich, to draw each other's pictures.
Posttasche, *f.* (*pl.* -n), mail-bag.
prächtig, splendid.
prasseln, to rattle.
pressen, to press.
Prezio'se, *f.* (*pl.* -n), jewel.
probie'ren, to try, test.
profitie'ren, to profit.
prüfen, to examine.
Prügelei', *f.* (*pl.* -en), fight.
prunken, to boast, make a show of.
pünktlich, punctual.
putzen, to shine, to clean.

Q.

quälen, to torment, plague.
Qualität', *f.* (*pl.* -en), quality.
Quantität', *f.* (*pl.* -en), quantity.
Quiek, *m.* squeak.
quieken, to squeak.
Quinta, *f.* (*pl.* -s), fifth class.
Quinta'ner, *m.* (*pl.* -), scholar of the fifth class.

R.

Rad, *n.* (*pl.* "er), wheel.
Racheschwur, *m.* (*pl.* "e), vow of revenge.
ran, *short for* heran.
rasch, quick.
rasen, to romp.
Rasen, *m.* (*pl.* -), lawn.

rasend, furious, wild, mad.
Rasenplatz, m. (pl. ⁻e), lawn.
Rat, m. advice.
raten (riet, geraten), to advise.
Raubtier, n. (pl. -e), beast of prey.
rauchen, to smoke.
rauh, rough.
Raum, m. (pl. ⁻e), room.
Rechen, m. (pl. -), rake.
recht, quite, very, well.
rechts, to the right.
reden, to talk, speak.
redselig, loquacious, talkative.
regelmäßig, regular.
regeln, to regulate.
Regentag, m. (pl. -e), rainy day.
regieren, to manage, handle.
Reich, n. (pl. -e), realm.
reich, rich.
reichen, to reach; die Hand reichen, to shake hands.
Reihe, f. (pl. -n), turn, series.
Reise, f. (pl. -n), journey.
reisen, to travel, go.
Reisende, m. (pl. -n), traveler.
reißen (riß, gerissen), to tear.
reiten (ritt, geritten), to ride.
Reiz, m. (pl. -e), charm.
reizen, to attract.
reizend, charming.
Renner, name of the boy.
renommie'ren, to boast.
Repetier'uhr, f. (pl. -en), repeater.
Respekt', m. respect.
retten, to save, rescue.
Reue, f. repentance.

richten, to direct.
richtig, right, correct; really.
Riesenentschluß, m. (pl. ⁻sse), giant determination.
Ring, m. (pl. -e), ring.
Robinson, Robinson Crusoe.
Rohheit, f. rudeness.
rollen, to roll.
Rose, f. (pl. -n), rose.
rot, red.
Rubrik', f. (pl. -en), paragraph.
Rücken, m. (pl. -), back.
rufen (rief, gerufen), to call.
rühren, to stir.
Rührung, f. emotion.
rund, round.
runzeln, to wrinkle; die Augenbrauen runzeln, to frown.
rüsten, to prepare.

S.

Sache, f. (pl. -n), thing, affair.
sacht, softly.
sagen, to say.
Sammler, m. (pl. -), collector.
sämtlich, all.
Sandsteinpfeiler, m. (pl. -), sandstone pillar.
sanft, gentle.
sauber, clean, neat.
Schachzug, m. (pl. ⁻e), move (at chess).
schaffen, to convey, take; work.
schallen, to resound.
Schatten, m. (pl. -), shadow.
schattig, shady.

Schärfe, f. sharpness.
Schattenmorelle, f. (pl. -n), sour cherry.
Schauder, m. horror.
Schauplatz, m. (pl. "e), scene.
Schein, m. appearance.
scheinen (schien, geschienen), to seem, appear.
Schelmenblick, m. (pl. -e), roguish look.
Schelmengesicht, n. (pl. -er), roguish face.
schenken, to give, present.
scheren (schor, geschoren), to shear, clip.
scheu, shy.
scheuern, to scrub.
Scheusälchen, n. (pl. -), little monster.
schicken, to send.
Schiff, n. (pl. -e), ship.
Schilderung, f. (pl. -en), description.
Schlaf, m. sleep.
schlafen (schlief, geschlafen), to sleep.
Schlafrock, m. (pl. "e), dressing-gown.
schlaftrunken, very drowsy.
Schlag, m. (pl. "e), stroke.
schlagen (schlug, geschlagen), to beat, strike; einen geschlagenen Tag, the livelong day.
schlagfertig, quick, ready.
schlapp, weak.
schlau, sly.
schlecht, bad.

schleunig, quick.
schließen (schloß, geschlossen), to close, shut.
schließlich, finally.
schlimm, bad.
Schlingel, m. (pl. -), rascal.
schlingen (schlang, geschlungen), to wind.
schluchzen, to sob.
schlüpfen, to slip.
schmausen, to feast.
schmecken, to taste.
Schmerz, m. (gen. -ens, pl. -en), pain.
schmücken, to adorn.
schmutzig, dirty.
Schnabel, m. (pl. "), beak, bill.
Schneeweiße, f. snow-whiteness.
schneiden (schnitt, geschnitten), to cut.
schnell, quick, fast.
schneuzen, sich, to blow one's nose.
schnitzen, to carve, whittle.
Schnur, f. (pl. "e), line, string.
Schnürchen, n. (pl. -), little line, string.
schnüren, to lace.
schnurren, to buzz.
schon, already.
schön, beautiful, splendid, nice.
schräg, sloping.
Schrank, m. (pl. "e), wardrobe, cupboard.
Schrecken, m. fright.
schrecklich, terrible.
schreiben (schrieb, geschrieben), to write.

Schreiber, m. (pl. -), clerk.
Schreibtisch, m. (pl. -e) desk.
schreien (schrie, geschrieen), to scream, yell.
schrill, shrill.
schüchtern, bashful, shy.
Schüchternheit, f. bashfulness.
Schuld, f. (pl. -en), fault; sich etwas zu Schulden kommen lassen, to commit a fault.
Schule, f. (pl. -n), school.
Schuleinrichtung, f. (pl. -en), school-system.
Schüler, m. (pl. -), pupil, scholar.
Schülermütze, f. (pl. -n), classcap.
Schulter, f. (pl. -n), shoulder.
Schüssel, f. (pl. -n), dish.
Schützling, m. (pl. -e), charge, protégé.
schwanken, to waver.
Schwanz, m. (pl. ⸚e), tail.
schweben, to sway.
schweigen (schwieg, geschwiegen), to be silent.
Schweigen, n. silence.
schweigend, silent.
Schweiß, m. sweat, perspiration.
Schwelle, f. (pl. -n), threshold.
schwenken, to wave.
schwer, heavy, difficult.
schwermütig, sorrowful.
schwingen (schwang, geschwungen), to swing.
sechs, six.
sechsundbreißigmal, thirty-six times.

sechzig, sixty.
Seeberg, name of a place.
Seekrankheit, f. sea-sickness.
Seele, f. (pl. -n), soul.
Seelenruhe, f. peace of mind.
seelenvergnügt, very happy, happy as a king.
segensreich, blessed.
segnen, to bless.
sehen (sah, gesehen), to see, look.
Sehnsucht, f. longing.
sehr, very.
sein, his, its.
sein (war, gewesen), to be.
seit (dat.), since, for.
seitdem, since then.
selb, same.
selber, myself.
selbst, self, myself.
Selbstgefühl, n. self-satisfaction, pride.
selbstsüchtig, selfish.
Selbstverständlichkeit, f. matter of course.
selig, happy.
Seligkeit, f. happiness, delight.
selten, rare, peculiar.
Seltenheit, f. (pl. -en), rarity.
setzen, sich, to sit down.
seufzen, to sigh.
sich, him-, her-, itself, themselves, yourself.
sicher, sure.
sichtlich, evident, visible.
sie, she, her; they, them; Sie, you.
sieben, seven.

fiebenjährig, seven-year-old.
Siegellack, m. sealing-wax.
Siegelfammlung, f. (pl. -en), collection of seals.
Sieger, m. (pl. -), victor.
fingen (fang, gefungen), to sing.
finken (fank, gefunken), to sink.
Sinn, m. (pl. -e), sense, mind; fich aus dem Sinn fchlagen, to put out of one's mind.
Sitz, m. (pl. -e), seat.
fitzen (faß, gefeffen), to sit.
Sklave, m. (pl. -n), slave.
fo, so, then, thus; indeed? fo ein, such a.
fodann, then.
foeben, just then.
fofort, at once, immediately.
fogar, even.
Sohn, m. (pl. "e), son.
folch, such.
follen, shall, am to; is said to be.
fomit, thus, therefore.
Sommerferien, pl. summer vacation.
Sommerluft, f. (pl. "e), summer air.
Sommertag, m. (pl. -e), summer day.
Sommerwind, m. (pl. -e), summer wind.
fonach, thus.
Sonne, f. (pl. -n), sun.
Sonnenschirm, m. (pl. -e), sunshade.
fonnig, sunny.
Sonntagsputz, m. Sunday array.

fonft, otherwise, in other respects, at other times.
forgfältig, careful.
Sorte, f. (pl. -n), kind, sort, lot.
foviel, as much.
fowie, as soon as.
Spannung, f. suspense.
fpät, late.
Spaten, m. (pl. -), spade.
fpäter, later on.
Species, f. (pl. -), species.
Spiegel, m. (pl. -), mirror, looking-glass.
Spiel, n. (pl. -e), game, play.
fpielen, to play.
Spielzeug, n. (pl. -e), plaything.
fpinnen (fpann, gefponnen), to spin.
Spinnrad, n. (pl. "er), spinning-wheel.
Spirituslampe, f. (pl. -n), alcohol-lamp.
Sport, m. sport.
Sprache, f. (pl. -n), language, speech.
fprachlos, speechless, unspeakable.
fprechen (fprach, gefprochen), to speak, talk.
fpringen (fprang, gefprungen), to jump.
fpucken, to spit.
Spur, f. (pl. -en), trace.
Stadt, f. (pl. "e), city, town.
Stall, m. (pl. "e), stable.
Stamm, m. (pl. "e), trunk of a tree.
ftanbe, see ftehen.

Standpunkt, m. (pl. -e), standpoint, point of view.
stark, strong. [tion, depot.
Stations'gebäude, n. (pl. —), sta-
statt, instead of.
stattlich, stately.
Staub, n. dust.
staubig, dusty.
stecken, to be, stick (hide).
stehen (stand, gestanden), to stand; zu stande kommen, to get ready; stehen bleiben, to stop.
steif, stiff.
steigern, sich, to increase.
Stein, m. (pl.-e), stone.
Stelle, f. (pl. -n), place, spot.
stellen, to put, place.
Stellung, f. (pl. -en), position.
Stiefel, m. (gen. -s, pl. -n), boot.
Stiefelputzen, n. boot-blacking.
still, quiet, still; im stillen, silently, to himself.
Stille, f. stillness.
still'sitzen (saß, gesessen), to sit still.
Stimme, f. (pl. -n), voice.
Stirn, f. (pl. -en), forehead.
Stock, m. (pl. "e), stick, cane.
stöhnen, to groan.
Stolz, m. pride.
stolz, proud.
stopfen, to stuff.
stören, to disturb.
stoßen (stieß, gestoßen), to push.
stottern, to stammer.
Strafgericht, n. (pl. -e), punishment, judgment.
Strahl, m. (gen. -s, pl. -en), ray.

strahlen, to beam.
sträuben, sich, to struggle against.
strecken, to stretch.
Streich, m. (pl.-.), trick.
streichen (strich, gestrichen), to stroke.
streitig, disputed.
streng, severe, strict.
Strenge, f. severity.
stricken, to knit.
Strickzeug, n. (pl. -e), knitting.
Strohhut, m. (pl. "e), straw hat.
Strumpf, m. (pl. "e), stocking.
Stube, f. (pl. -n), room.
Stubenmädchen, n. (pl. -), chamber-maid.
Stück, n. (pl. -e), piece.
studieren, to study.
Stuhl, m. (pl. "e), chair.
stumm, silent.
Stündchen, n. (pl. -), short hour.
Stunde, f. (pl. -n), hour.
stürzen, to fall upon.
stützen, to support.
suchen, to look for.
Sucht, f. desire.
summen, to buzz, hum.
suspendie'ren, to suspend.

T.

Tablett', n. (pl. -e), tray.
tadeln, to censure.
Tag, m. (pl. -e), day.
Tageseinteilung, f. division of the day.
täglich, daily.

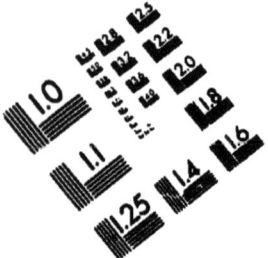
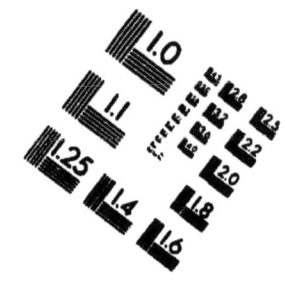

**IMAGE EVALUATION
TEST TARGET (MT-3)**

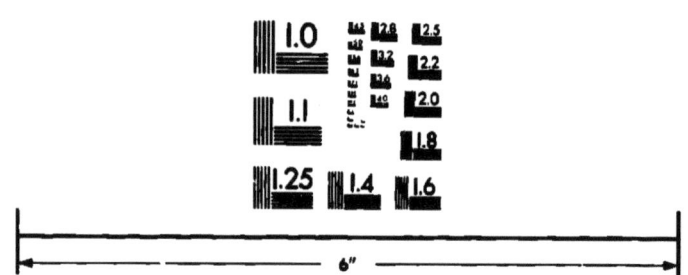

Photographic
Sciences
Corporation

23 WEST MAIN STREET
WEBSTER, N.Y. 14580
(716) 872-4503

tanzen, to dance.
tapfer, brave.
Taschentuch, n. (pl. ⸚er), handkerchief.
Tasse, f. (pl. –n), cup.
täuschend, striking.
Teil, m. (pl. –e), share, part.
teilen, to share, divide.
Tempelschänder, m. (pl. –), desecrator.
Terrain', n. territory.
Teufelszeug, n. infernal stuff.
Thaler, m. (pl. –), dollar.
Thätigkeit, f. work.
Thatsache, f. (pl. –n), fact.
Theekessel, m. (pl. –), tea-kettle.
Thräne, f. (pl. –n), tear.
thun (that, gethan), to do.
Thür, f. (pl. –en), door.
Thürspalte, f. (pl. –n), crack in the door.
tief, deep.
Tier n. (pl. –e), animal.
Tiger, m. (pl. –), tiger.
Tik-tak, n. tick-tack.
tippen, to tip.
Tisch, m. (pl. –e), table.
tödlich, mortal.
Ton, m. (pl. ⸚e), tone.
Total'eindruck, m. (pl. ⸚e), total impression.
traben, to trot.
trachten, to endeavor.
tragen (trug, getragen), to carry, to wear.
traurig, sad.
Treibjagd, f. (pl. –en), chase.

Trennung, f. (pl. –en), separation.
Trennungsschmerz, m. (pl. –en), sorrow at separation.
Treppe, f. (pl. –n), stairs.
treten (trat, getreten), to step.
trinken (trank, getrunken), to drink.
trocken, dry.
trocknen, to dry.
trollen, sich, to go away.
trommeln, to drum.
trösten, to console.
Trösterin, f. (pl. –nen), consoler.
trübselig, sad, miserable.

U.

übel, bad.
über (dat. or accus.), over, beyond, about, at.
überall, everywhere.
überaus, exceedingly.
überdrüssig, tired.
über'gehen (ging, gegangen); die Augen übergehen, to fill with tears.
übernehmen (übernahm, übernommen), to accept.
überschreiten (überschritt, überschritten), to step over, cross.
überschütten, to overwhelm.
übertreffen (übertraf, übertroffen), to surpass. [to exceed.
überwiegen (überwog, überwogen).
überwinden (überwand, überwunden), to overcome.
überzeugen, to convince.

üblich, usual.
Übrige, n. rest; im Übrigen, moreover.
übrigens, however.
Uhr, f. (pl. -en), watch, clock.
Uhrwerk, n. (pl. -e), clock-work.
um (acc.), around; um...zu, in order to, to.
Umar'mung, f. (pl. -en), embrace.
umher'fahren (fuhr, gefahren), to pass around.
umher'streifen, to roam about.
um'sehen (sah, gesehen), sich, to look about.
Umstand, m. (pl. ⸗e), circumstance.
Umständlichkeit, f. (pl. -en), circumstantiality.
um'wandeln, to change.
unablässig, incessantly.
unartig, naughty.
unbarmherzig, unmerciful, pitiless.
unbefangen, innocent.
Unbefangenheit, f. simplicity.
unbemerkt, unnoticed.
unbefragt, unconcerned.
unbeschäftigt, unoccupied.
unbesorgt, unconcerned.
unbestimmt, indistinct, indefinite.
unbestritten, undisputed.
und, and.
unendlich, infinitely.
Unendlichkeit, f. infinity.
unerwartet, unexpected.
Unfall, m. (pl. ⸗e), accident.
unfreundlich, unfriendly, unkind.
ungebunden, free.

ungeduldig, impatient.
ungerechtfertigt, unjustified.
ungestört, undisturbed.
ungewohnt, unaccustomed.
ungezogen, naughty.
unglücklich, unhappy.
unheimlich, uncanny.
unklug, imprudent, unwise.
unmerklich, imperceptible.
unnütz, good-for-nothing.
Unruhe, f. agitation.
unruhig, agitated.
unsagbar, unspeakable.
unser, our.
unsicher, uncertain, unsteady.
Unsinn, m. nonsense.
unter (dat. or accus.), under, among.
unterbrechen (unterbrach, unterbrochen), to interrupt.
unterdessen, meanwhile.
unterdrücken, to suppress.
Untergrund, m. (pl. ⸗e), foundation.
unterhalten (unterhielt, unterhalten), to entertain.
Unterhaltung, f. (pl. -en), conversation.
Unterlippe, f. (pl. -n), lower lip.
untersagen, to forbid.
Unterschied, m. (pl. -e), difference.
unterweisen (unterwies, unterwiesen), to instruct.
Unthat, f. (pl. -en), misdeed.
unverdrossen, undisturbed.
unverkennbar, unmistakable.

U
V
W
Z

unvermittelt, abruptly.
unverwandt, steady, fixed.
unvordenklich, immemorial.
unwillig, unwilling.
Unzahl, *f*. great number.
Ursache, *f*. (*pl.* -n), cause.
Ursprung, *m*. (*pl.* ⁼e), origin.
Urteil, *n*. (*pl.* -e), opinion, decision.

V.

Vater, *m*. (*pl.* ⁼), father.
Verabredung, *f*. (*pl.* -en), agreement.
veranlassen, to cause.
veranstalten, to contrive; organize, make.
Verantwortung, *f*. responsibility.
Verbesserung, *f*. (*pl.* -en), improvement.
verbeugen, sich, to bow.
verbieten (verbot, verboten), to forbid.
verboft, provoking.
Verbrecher, *m*. (*pl.* -), criminal.
verbündet, allied.
verderblich, pernicious.
verdrießen (verdroß, verdrossen), to annoy.
verdrießlich, annoyed, peevish.
vereiden, to bind by an oath.
Verein, *m*. (*pl.* -e), union; im Verein mit, together with.
Verfahren, *n*. (*pl.* -), proceeding.
verfallen (verfiel, verfallen), to fall under.

Verfassung, *f*. (*pl.* -en), state of mind.
verfolgen, to pursue.
vergehen (verging, vergangen), to pass.
vergessen (vergaß, vergessen), to forget.
vergnügen, sich, to amuse one's self.
Vergnügen, *n*. (*pl.* -), pleasure.
vergüten, to make up for.
verhageln, to be destroyed by hail.
verklext, ink-stained.
verkrallen, sich, to dig one's nails (claws) into.
verkrümeln, sich, to disappear.
verlangen, to demand, desire, long for.
Verlauf, *m*. course.
verlaufen (verlief, verlaufen), to pass.
verleben, to spend.
verlegen, embarrassed.
verlieren (verlor, verloren), to lose.
verlocken, to entice.
vermissen, to miss.
vermittelst, by means of.
vermögen (vermochte, vermocht), to be able.
Vermögen, *n*. property.
vernehmen (vernahm, vernommen), to hear.
vernichten, to annihilate.
vernünftig, sensible, reasonable.
verpflichten, sich, to bind one's self.

VOCABULARY.

verfäumen, to forget, omit, neglect.
verfchämt, bashful.
verfchieben (verfchob, verfchoben), to displace.
verfchieden, different.
verfchlingen (verfchlang, verfchlungen), to devour, consume.
Verficherung, f. (pl. -en), assurance.
verfprechen (verfprach, verfprochen), to promise.
Verftändnis, n. understanding.
verftecken, to hide.
verftehen (verftand, verftanden), to understand; ref. to condescend.
verftockt, stubborn.
verftohlen, stealthy.
verftummt, silent, dumb.
Verfuch, m. (pl. -e), trial, attempt.
vertiefen, fich, to plunge into, give one's self up to.
Vertilgungswerk, n. (pl. -e), work of extermination.
verträglich, peaceable.
verträumen, to dream away.
vervollftändigen, to complete.
verwandeln, fich, to change.
Verwirrung, f. (pl. -en), confusion.
verwifchen, to efface, obliterate.
verwunden, see überwinden.
verwundert, surprised.
verwüften, to destroy, lay waste.
verzagt, despondent.

viel, much, many.
vier, four.
Vogel, m. (pl. "), bird.
Vogelbauer, n. (pl. -), birdcage.
Vokabel, f. (pl. -n), word, vocabulary.
Volksmund, m. popular saying.
voll, full.
vollenden, to complete.
völlig, completely.
von (dat.), from, by, of, off ; **von ...an,** from...onward; **von bannen,** away.
vor (dat. and accus.), before, of, from.
voran'gehen (ging, gegangen), to go before, precede.
voraus'fetzen, to presuppose.
vorbei, by.
Vorderrad, n. (pl. "er), front wheel.
vor'gehen (ging, gegangen), to advance.
vor'halten (hielt, gehalten), to hold before.
vorher, before, first.
vorhin, a while ago.
vor'kommen (kam, gekommen), to happen, occur.
vorläufig, for the present.
vor'nehmen (nahm, genommen), **fich,** to take up.
Vorrat, m. (pl. "e), provision.
vorfichtig, careful.
vor'ftellen, fich, to imagine.
vorübergehend, for a while.

vorwi&ig, impertinent.
vorwurfsvoll, reproachful.
vorzüg'lich, excellent.

W.

Wache, *f.* (*pl.* -n), guard.
wachhabend, watching.
wachsen (wuchs, gewachsen), to grow.
wagen, to dare, venture.
Wagen, *m.* (*pl.* -), carriage.
Wagenfenster, *n.* (*pl.* -), carriage-window.
Wagenne&, *n.* (*pl.* -e), (*lit.* carriage-net), luggage-rack.
Wagenthür, *f.* (*pl.* -en), carriage-door.
wählen, to choose.
wahr, true, genuine; nicht wahr, is it not so? don't you?
währen, to last.
während (*gen.*), during; (*conj.*), while.
währenddeſſen, meanwhile.
Walther, Walter.
wälzen, to roll.
wandern, to wander.
Wanderſtaat, *m.* traveling outfit.
Wandpfeiler, *m.* (*pl.* -), pillar.
Wanduhr, *f.* (*pl.* -en), clock.
wann? when?
warm, warm.
warnen, to warn.
warum? why?
was, what, which; *short for* etwas.

Waſſer, *n.* (*pl.* Gewäſſer), water.
Weg, *m.* (*pl.* -e), road.
weg, away.
weg'blaſen (blies, geblaſen), to blow away.
wegen, on account of.
weg'laſſen (ließ, gelaſſen), to omit.
wehren, to oppose, forbid.
weibiſch, womanish.
Weile, *f.* (*pl.* -n), while, time.
weinen, to weep.
Weiſe, *f.* (*pl.* -n), way, manner.
weiſen (wies, gewieſen), to point.
weiß, white.
Weißfelbe, name of a place.
weit, far, distant.
weiter, further.
welch, which, who, that, what; some.
Welt, *f.* (*pl.* -en), world.
wenden (wandte, gewandt), to turn.
wenig, little.
wenigſtens, at least.
wenn, when, if; wenn ... auch, although.
wer, who? he who.
werden (wurde *or* ward, geworden), to become.
Werkzeug, *n.* (*pl.* -e), tool.
Wertobjekt, *n.* (*pl.* -e), object (of value).
Weſen, *n.* (*pl.* -), being.
wetteifern, to contend, vie with, compete.
wichtig, important.
widerſtehen (widerſtand, widerſtanden), to withstand, resist.

VUCABULARY. 91

wie, as, how.
wieder, again.
wiederholen, to repeat.
Wiege, f. (pl. -n), cradle.
wiegen, to rock.
Wiese, f. (pl. -n), meadow.
wild, wild.
Wilhelm, William.
Willen, m. will.
winden (wand, gewunden), sich, to wind, twist.
winken, to beckon, wave.
Wipfel, m. (pl. -), tree-top.
wir, we.
wirklich, really.
Wirklichkeit, f. reality.
wissen (wußte, gewußt), to know.
wo, where.
wobei, whereby.
Woche, f. (pl. -n), week.
wogen, to fluctuate.
wohl, well; no doubt, of course, I suppose.
Wohlgefallen, n. pleasure.
wohlwollend, kind, benevolent.
Wohnzimmer, n. (pl. -), sitting-room.
wollen, will, to be willing.
Wonne, f. (pl. -n), delight.
worauf, whereupon, to which.
Wort, n. (pl. "er and -e), word.
wortlos, speechless.
wühlend, gnawing.
Wunsch, m. (pl. "e), wish.
wünschen, to wish.
würdig, worthy.

3.

zählen, to count.
Zähre, f. (pl. -n), tear.
zärtlich, tenderly.
zehn, ten.
zehnmal, ten times.
Zeichen, n. (pl. -), signal.
zeigen, to show.
Zeit, f. (pl. -en), time.
Zeitabschnitt, m. (pl. -e), period (of time).
Zeitvertreib, m. pastime, enjoyment.
Zeitung, f. (pl. -en), newspaper.
Zepter, n. (pl. -), scepter.
zerbiegen (zerbog, zerbogen), to bend.
zerbrechen (zerbrach, zerbrochen), to break.
zerfließen (zerfloß, zerflossen), to overflow, dissolve.
zerstreuen, sich, to scatter.
Zetergeschrei, n. yell, loud cry.
Zeug, n. (pl. -e), stuff; dummes Zeug, nonsense.
Ziege, f. (pl. -n), goat.
Ziegenbock, m. (pl. "e), he-goat.
Ziegenstall, m. (pl. "e), goat-stable.
ziehen (zog, gezogen), to pull, draw.
ziemlich, pretty, rather.
zierlich, dainty.
Zimmer, n. (pl. -), room.
zittern, to tremble.
zu (dat.), to; too; auf . . . zu, toward.

W
Z

Zug, m. (pl. ⸗e), feature; train; draught, puff.
zu'geben (gab, gegeben), to admit.
zunächst, first of all.
zurück'denken (dachte, gedacht) an, to remember.
zurück fahren (fuhr, gefahren), to drive back.
zurück geben (gab, gegeben), to return, give back, send back.
zurück'kommen (kam, gekommen), to return, come back.
zurück'legen, to travel.
zurück prallen, to start back.
zurück sinken (sank, gesunken), to sink back.
zusammen, together.
zusammen'fahren (fuhr, gefahren), to start up.

zusammen'fallen (fiel, gefallen), to fall together, collapse.
zu'schließen (schloß, geschlossen), to lock up.
zu'sehen (sah, gesehen), to watch.
Zustand, m. (pl. ⸗e), condition.
zu'trauen, to expect of.
zu'wachsen (wuchs, gewachsen), to grow up.
zuweilen, sometimes.
zwar, to be sure; that, too.
zwei, two.
Zweifel, m. (pl. -), doubt.
zweimal, twice.
zweit, second.
Zwilling, m. (pl. -e), twin.
zwingen (zwang, gezwungen), to force.
zwischen (*dat. and accus.*), between.